suhrkamp taschenbuch 2217

»Die Ich-Erzählerin erinnert sich, 15 Jahre später, mit beißender Ironie an ihre holde Jugendzeit in einer mittelenglischen Kleinstadt. Jetzt dümpelt sie freudlos vor sich hin, quält sich damit, renitente Unterdog-Kids über ein Schulexperiment in die bessere Gesellschaft zu befördern, und stöhnt unter der lüsternen Fürsorge ihres Vermieters. Verschmäht vom Mann ihrer Begierde, muß sie auch noch alle Qualen nichterfüllter Liebe leiden, bis schließlich die Ernüchterung Balsam auf ihre Wunden träufelt. Lioba Happel erzählt diese amüsante, tragikomische Desillusions-Geschichte mit Witz und Esprit, beißendem Spott und lakonischer Ironie. Zwischen Sozialsatire, Farce und Klamotte changierend, räumt sie mit allen geläufigen Mythen und Utopien auf. Die Liebe: eine Projektion. Das Glück der Jugend: die Erfindung der Altgewordenen. Die Veränderbarkeit der Gesellschaft: ein Hirngespinst der privilegierten Klassen. Soziales Engagement: eine faule Lüge, mit der die eigene Saturiertheit bemäntelt wird. Gegen ihren analytischen Scharfsinn ist kein Kraut gewachsen. Und ihrer zauberleichten und dennoch expressiven Erzählkraft, ihrer Phantasie und Originalität dürfte kein Leser widerstehen können.«

Susanne Hoffmann, Journal Frankfurt

Lioba Happel, geboren 1957 in Aschaffenburg, lebt in Berlin. 1989 erschien in der edition suhrkamp ihr Gedichtband *Grüne Nachmittage* (es 1570).

Lioba Happel
Ein Hut wie Saturn

Erzählung

Suhrkamp

Umschlag: Marionette von Ingrid Pitzer
Foto: Rainer Schwesig

suhrkamp taschenbuch 2217
Erste Auflage 1993

Druck: Nomos Verlagsgesellschaft, Baden-Baden
Printed in Germany
Umschlag nach Entwürfen von
Willy Fleckhaus und Rolf Staudt

1 2 3 4 5 6 – 98 97 96 95 94 93

EIN HUT WIE SATURN

KAPITEL I

Mr. Elis ist tot; tot wie seine Hunde, seine Katzen, seine Wanzen, tot wie sein Untermieter Mr. Chang, ein Hongkongchinese kurz vor der Pension, tot wie seine Schwester, die angeblich eine Soubrette war und die mit einem schwarzen Hut, großkrempig wie Saturn, auf seiner Beerdigung erschien. Da stand sie, die Leidtragende, in der vordersten Bank der leeren Kirche und war, ach ja: allein. Sie trug einen langen schweren Trauermantel und bildete sich ein, er stelle mit dem galaktischen Unsinn von Hut eine Kombination zur Schau, die endlich auch fürs Opernfach reiche.

Paul und ich saßen eine kalte, ungeheizte Ewigkeit weiter hinten, im Dunkel der für Mr. Elis viel zu großen Kirche, und hätten ihr gern mit einer Erbsenpistole den Trauerhut zerschossen.

Aber auch Mr. Elis war nicht frei gewesen von Fehlern. Er war, wir konnten es der Kurzansprache des Reverends entnehmen, gerade erst 71 geworden und nicht 88, wie er mir in seiner denkwürdigen Sterbestunde hatte weismachen wollen.

Wir ließen das mit Pauls Erbsenpistole lieber sein. Sogar Paul war nicht frei von Selbstvorwürfen; wegen der Pfundnoten, die er sich für die kleinsten Hilfeleistungen von Mr. Elis hatte zustecken lassen. Und auch ich hielt lieber still, saß da und hatte die Hände ungemütlich verknotet.

Mr. Chang, nehme ich an, war Buddhist. Er nahm nicht an der Beerdigung teil. Mr. Chang hatte im Leben genug für Mr. Elis getan. Aus christlicher Sicht war Mr. Chang ein Heiliger. Mr. Chang lächelte, wenn Mr. Elis ihm den englischen Frühstücksteller mit Würstchen, Ei, gebackenen Bohnen und einer gerunzelten Scheibe Speck hinstellte, dankte mit einer Verbeugung und gab dem Mops ein Zeichen. Der Mops sprang auf den Tisch und machte sich behende über das Frühstück her. Wenn der Mops auch die letzten Reste des Eidotters weggeschlürft hatte, wartete Mr. Chang noch ein bißchen, so lange, bis Mr. Elis seinen Kopf aus der Küche streckte und er in Mr. Elis' befriedigtem Gesicht lesen konnte, wie dankbar dieser war, daß sein Daueruntermieter wieder alles aufgegessen hatte. Dann stand Mr. Chang auf und ging ins Büro. Mr. Elis räumte den Teller weg und stellte Mr. Changs Teetasse auf den Boden, damit Shleepa, die Katze, den Milchtee austrinken konnte, den Mr. Chang gewohnheitsgemäß stehenließ.

Um diese Zeit hatte ich mich längst aus dem Haus gestohlen.

Ich saß in der Frühstücksbude vom Busbahnhof, trank meinen Morgenkaffee und hatte ein denkbar schlechtes Gewissen: ich sah Mr. Elis vor mir, wie er seufzte und traurig mein kalt gewordenes Untermieterfrühstück vom Tisch räumte. Er stellte es auf den Boden neben Mr. Changs Teetasse, von der Shleepa sofort abließ, um sich über meine Würstchen herzumachen.

Wir in der Frühstücksbude hatten alle ein schlechtes Gewissen. Irgendwie ging uns das gute Benehmen ab, das normal Veranlagte dazu bringt, morgens an einem ordentlich gedeckten Tisch zu sitzen und in die von einem unbegreiflichen Zufall zusammengewürfelte Familienrunde zu blicken. Man roch nach schlecht ausgewaschenem Schlaf oder beizender Duschseife, man war müde, vergähnt, verquollen, man fragte sich verwundert, warum um alles in der Welt man ausgerechnet mit eben diesen Figuren die Beine unter denselben Tisch stellte, aber man wußte: du benimmst dich richtig, wenn du ohne zu murren in ihrer Gegenwart deinen Kaffee oder Tee austrinkst.

Wir in der Frühstücksbude: kaum daß der Tag sein fahles Auge geöffnet hatte, sah er da einen jeden für sich an seinem Resopaltischchen sitzen, mürrisch Rücken gegen Rücken, allein mit sich und der Welt und einem Vinylbecher Tee oder Kaffee. Jeder meinte, wenn man die Hände um den eigenen Becher legte, ab und zu einen Schluck nahm und im übrigen nichts weiter tat, als durch den dünn aufsteigenden Rauch der schnell verdampfenden Wärme in die trostlose Betonlandschaft eines Dezembermorgens zu blicken, dann hätte man, »ja, ja«, jeder für sich, der Einsamkeit ein Viertelstündchen Mir-kann-keiner-mehr-was-vormachen-Weltverachtung abgetrotzt.

»Pete ist ein Lebenskünstler«, sagte Mrs. Morton hinter der Theke allmorgendlich zu einem alten, ungewaschenen Scheusal und reichte ihm, zum Dank dafür, daß er ihr diesen abgekauten Satz nicht übelnahm, eine Tasse Tee, für die er nicht zu zahlen brauchte. Sie sprach grundsätzlich in der dritten Person mit ihm, als würde er, wenn sie ihm ihre Meinung direkt ins Gesicht sagte, am Ende noch dran glauben. Aber aufmunternd war dieser morgendliche Zuspruch doch. Er half Pete durch den kalten Dezembertag bis zum nächsten Morgen, wenn er mit einem Gesicht, als habe er die Welt untergehen sehen, hereinkam.

Nebenberuflich war Mrs. Morton Mitglied in einer karitativen Organisation. Ich habe sie sonntags vor Spencer & Spencer's Skiausrüstungsschaufenster stehen sehen. Sie verteilte grüne Erbsensuppe und sang frohe Botschaften.

In unserer heutigen Zeit, die um fünfzehn Jahre klüger ist als die damalige und in der sich die sensibelsten Köpfe mit so zerbrechlichen Begriffen wie »Humanität der Inhumanität« herumschlagen, muß man Mrs. Morton natürlich dafür verantwortlich machen, daß sich am Elend der Welt nichts geändert hat. Wenn's zur Sprache kommt, sind immer die komischen alten Jungfern daran schuld, daß das, was die Welt im Innersten zusammenhält, nicht Liebe ist, sondern Sozialarbeit. »Make Love Not Socialwork« stand damals an den Betonklötzen der Vorstädte. Aber auch der kühnste Theoretiker wird einsehen, daß das zuviel von Mrs. Morton gefordert gewesen wäre, die im übrigen Witwe war. Immerhin bekam Pete jeden Morgen seine Tasse Tee, und dieselben Theoretiker, die über Mrs. Morton die Köpfe schütteln, zerbrechen sich über dem Nachweis, ob mit dem Abspreizen eines kleinen Fingers nicht der ganze Kosmos aus den Angeln gehoben ist, die

Köpfe. Ich meine, die kostenlose Verabreichung einer Tasse Tee an einen notorischen Billigweintrinker müßte dann zumindest die Position der Teetasse in Relation zum nächstbesten schwarzen Loch verrückt haben. Im übrigen wurden auch die alten traurigen Parolen längst vom grauen Regen der Vorstädte abgewaschen.

Ich war die Jüngste im Club der Danebengeratenen und hatte es besser als alle anderen: ich gefiel mir im Gedanken, ich sei eine Danebengeratene. Wenn ich nicht genauer darüber nachdachte, warum ich eigentlich im blühenden Alter von neunzehn allmorgendlich in einem englischen Frühstücksschuppen saß und einen wäßrigen Kaffee aus einem armseligen Vinylbecher trank, konnte ich schon ein bißchen stolz auf mich sein.

Ich glaube, ich hatte die Ordnung einer Familie gründlich satt.

Da saß ich und fühlte mich existentiell. Existentiell war mein Lieblingswort damals. Ich war in diesem Wort zu Hause und sonst nirgendwo. Ich gehörte nun auch zu den Wanderern des Lebens, obwohl ich noch ein Viertelstündchen länger als die anderen sitzen bleiben konnte. Wenn sie sich aufmachten, um auf irgendwelchen sozialen Ämtern einen hoffnungslosen Tag zu verbringen oder sich in irgendwelchen dunklen Hinterhöfen irgendwelchen Arbeitsbeschaffungsmaßnahmen zu beugen, die sich die Gesellschaft zur Unterhaltung ihrer Mitglieder ausgedacht hatte, blieb mir noch Zeit, ihnen nachzusehen, wie sie sich, die Hände tief in ihre Sozialhilfemäntel vergraben, mit eingezogenen Köpfen den Weg zwischen den grünen Doppeldeckerbussen bahnten und im Nebel verschwanden. Meist waren es blasse Männer mit sichtlich gelichteten Haaren oder farbige Frauen, denen man von einer Sehnsucht nach Afrika selbst im kalten Dezember nichts anmerkte.

Ich war neunzehn, kurz davor, ins Bildungsbürgertum aufzusteigen, ein Wort, das man heute noch nicht mal mehr in den Grabbelkisten der Buchläden findet; damals war es eines meiner neuen Worte – ein existentielles Wort, wie ich fand, eines, das wirklich Bescheid gab.

Jedenfalls war ich freiwillig nach England gekommen. Aus Neugierde, und: ich wollte etwas »Sinnvolles« tun. Bitte sehr, man hat solche Versponnenheiten im Kopf, wenn man neunzehn ist und noch nicht an die Religion der Kunst glaubt. Ich war damals noch nicht zum »Schönen« übergelaufen, ich wollte »was Gutes« tun.

Das Gute bestand darin, daß ich den absolut Deklassierten der untersten Unterschicht Englands zeigte, daß es auf der Welt jemanden gab, der noch unter ihnen stand: jemanden, der noch nicht einmal ihre Sprache sprach. Ich kräftigte ihr Selbstwertgefühl, indem ich bei ihnen in die Schule ging. Und ich habe gelernt! Noch bevor ich Butter und Eier einkaufen konnte, ohne rot zu werden, war ich bereits in alle Wortbesonderheiten eines großbritannischen Geschlechtsverkehrs eingeweiht. Die deutschen Synonyme habe ich dagegen nie richtig gelernt. Im Lexikon standen sie jedenfalls nicht.

Zum Dank für ihre Bereitwilligkeit, mich mit den feinen Nuancen ihrer Alltagssprache vertraut zu machen, unterrichtete ich sie in den Grundrechenarten, hämmerte mit ihnen die damals in Mode gekommenen »Nail-Pictures«, eine Kunst, auf die man nur ungern näher zu sprechen kommt, so trostlos sahen ihre Endprodukte aus, und ab und zu, am Kochnachmittag, half ich ihnen, in großen Eisenpfannen Karamelbonbons zu rösten.

Die Leiterin des Schulexperiments hieß Mrs. Holroyd. Ihr Vorgänger, Ezra Wood, hatte Alte Sprachen studiert, bevor er zur Sozialarbeit übergewechselt war.

Ich werde Ezra Wood mein Lebtag lang bewundern. Altphilologisch schmächtig wie er war, gelang es ihm, auch Nigel, einen Bullen von Mann, einzuschüchtern, indem er sein Gegenüber mit einem Interesse anvisierte, als läse er in dessen Augen die Beschreibung eines tragischen griechischen Helden. Seit ich Ezra Wood kenne, bin ich der festen Überzeugung, daß die beste Ausbildung für einen Sozialarbeiter das humanistische Studium ist.

Als Ezra Wood karrierehalber nach Manchester fortgezogen war, ins »Zentrum für jugendliche Mörder«, war die liebenswürdige, praktische, aber auch hausfraulich-strenge Mrs. Holroyd gekommen, die sich mehr der Gegenwart zugehörig fühlte. Mrs. Holroyds Söhne hatten, wie ich bei einer Dinnereinladung mit Schrecken feststellen mußte, trotz ihrer siebzehn und neunzehn Jahre Pferdehalfter an der Wand und Plastikgitarren, auf denen sie den Nachklängen der abendländischen Kultur endgültig den Garaus machten, um den Hals hängen. Welches, fragte ich mich bang, waren wohl die Werte, die eine Mrs. Holroyd den von der Gesellschaft als »wertlos« Abgestempelten zu vermitteln gedachte? Ich war auf eines der letzten humanistischen Gymnasien der Bundesrepublik gegangen und sehr verbildet.

Beim Morgentreff in »Fairfield-House«, wie das Gebäude hieß, in dem das Schulexperiment stattfand, verhielten wir uns schweigend. Mrs. Holroyd verkündete das Programm für den Tag:

Nigel, Eileen, Lorie, Meg, Sean, Kevin: Rechnen.

Mark, Pat, Roger, Tim, Ella: Küche.

Die anderen: Lesen und Schreiben.

Nach der Teepause drehte sich das Karussell. Und: Eileen durfte dann in die Hauptschule zur »Drama-Gruppe«. Sie war überzeugt, später mal Shakespeare-Schauspielerin zu werden. Leider brachte sie ein Jahr später, im Alter von fünfzehn, Zwillinge zur Welt und hatte keine Zeit mehr fürs Theaterfach.

»Irgendwelche Probleme?«

Keine.

Nigel war vorbestraft wegen Autodiebstahls, Fahrens ohne Führerschein, Körperverletzung und versuchten Überfalls.

Meg hatte im zarten Alter von sieben ein Bügeleisen nach ihrer vierjährigen Schwester geworfen und ihr ein Auge zerplättet.

Roger: versuchte und gelungene Überfälle auf Tankstellenkassierer.

Tim: Nötigung zur Unzucht.

John: Einbruch, Körperverletzung.

Sean: hatte bei Johns Einbruch erfolglos Schmiere gestanden.

Nigel war der Boss der Truppe. Er war schon siebzehn. Sein Vater hatte ihn im Kleinkindalter tagelang in einen großen Kleiderschrank gesperrt und, wenn er zu schreien anfing, einen laufenden Staubsauger hineingeschoben. Seitdem konnte Nigel nichts mehr schrecken.

Schon gar nicht eine Abiturientin aus Deutschland.

»Wie geht's Hitler?« Nigels Hobby waren alte Kriegsfilme.

»Aber Nigel, Hitler ist längst tot.«

»Fick-Fuck-Heil-Hitler!«

»Nigel, ich bin kein Nazi, und so spricht man nicht über diesen Kerl.«

»Was willste? he? was willste?«

»Nichts, Nigel, nichts.«

»Stop calling me Nigel!«

Er wollte, daß ich ihn nicht mehr Nigel nannte!

Nigels Logik war bisweilen so rätselhaft, daß sie mir zwingend erschien. Vor Nigel würde ich mich besser hüten. Es war sowieso unlogisch: wir waren vom Alter her nur zwei Jahre auseinander. An einem der einsamen Abende in Mr. Elis' Untermieterbett dämmerte mir die Misere: berechtigten mich die paar in meinem Leben mehr getrunkenen Morgenkaffee zu Lebensweisheiten, die ich ihm in sein uraltes Gesicht hätte sagen dürfen? Sei auf der Hut! dachte ich, der sieht aus, als würde er irgendwann unversehens den Mund aufmachen und vor versammelter Mannschaft eine hieb- und stichfeste gesellschaftliche Analyse aufsagen, mittels deren er die verlogene Hilfsbereitschaft der etablierten Klassen anhand deines laut und deutlich ausgesprochenen Namens entlarvt!

Der Vormittag war idyllisch. Ich mußte so etwas schon einmal in einem Dickens-Roman gelesen haben: es schneite. Schneeflocken, so hübsch wie die Wattebäusche in Quinnsworth's Geschenkabteilung, baumelten an endlosen Fäden zwischen Fenster und Brandmauer. Im elektrischen Ofen glühten die Kohlen. Die Kinder – wir waren von Mrs. Holroyd angehalten worden, sie »Kinder« zu nennen; vielleicht sollten wir mit diesem Wort gleichsam die Samthandschuhe überziehen, die zur Arbeitsbekleidung von Bombenentschärfern gehören –, die Kinder also waren still, als freuten sie sich auf Weihnachten.

Ich zeigte ihnen, wie man zehn, zwanzig, dreißig, vierzig und so weiter durch zehn teilt, und es gelang mir, dabei auch dem armen kleinen Wieselgesicht von Sean ein Erfolgslächeln abzuluchsen. Für eine halbe Stunde mit langen Dezimalzifferreihen beschäftigt, saßen sie schweigend über ihre Hefte gebeugt und begannen zu glauben, daß sie es im Leben vielleicht doch noch zu etwas bringen würden. Auf anständige Art und Weise. Ich glaube, alle waren ein bißchen glücklich.

Dann gab ich Sean zur Belohnung dafür, daß er so gut vorankam, eine weitere Dezimaltabelle und erklärte den anderen die Bruchrechnung mit dem Nenner zwanzig. Anfangs saßen sie noch mit unverhohlenen Erfolgsblicken auf ihren Stühlen, selbst Nigel sichtbar bereit, sich von mir ein Stück weiter auf der Karriereleiter hochschubsen zu lassen. Dann fing Kevin an, das Tischholz mit einer Nagelfeile abzuraspeln. Lorie nahm Ken und Barbie aus der Tasche, zog ihm die Hosen runter und ihr den Rock rauf.

»Lorie, wenn man hundert Pfund an zwanzig Leute verteilt, wieviel bekommt dann jeder?«

»Hundert Pfund?« fragte sie launisch, »warum sollte man hundert Pfund an zwanzig Leute weggeben? So viele muß man überhaupt erst mal kennen!«

»Fuck five!« rief der ungeduldige und unübersetzbare Nigel und spuckte mir aus seinen grauen Augen die schiere Verachtung vor die Füße.

»Sehr gut, Nigel«, sagte ich, die Gelegenheit, mich bei ihm anbiedern zu können, nutzend.

»Was willste? he? was willste?«

Ich ließ das Thema fallen; es waren sowieso nur noch fünf Minuten bis zur Pause. »Bald ist Weihnachten«, sagte ich besänftigend. Ich glaube, ich wollte wieder das Dezimalzauberleuchten in ihren abgestumpften Blicken anfachen. »Was wünscht ihr euch zu Weihnachten?«

Lorie: »'n Hochzeitskleid für Barbie, 'nen goldenen Fingerring und 'n Autogramm von Jeannie Sylvester.«

Meg: »Fluppen, zwo Flaschen Sherry und 'n Bingoabonnement.«

Sean? – »Teddyschuhe und 'n Ticket zu Elvis sein'm Grab.«

Kevin? – »'ne Axt, 'n Messer und 'ne Gartenschere.«

Nigel? – »'n Fick. Fuck!«

Eileen? – Eileen wühlte in ihrem schwarzen Kraushaar, als hätte sie eben Desdemona ermordet. »Ich will eigentlich lieber die Desdemona spielen.«

Eileens Tragik bestand darin, daß sie gerade eben dunkel genug war, den Othello zu mimen, niemals aber so hell, daß es zur Desdemona gereicht hätte. Von der Julia ganz zu schweigen. Eileen war doppelt diskriminiert. Erstens war sie keine Weiße, und es gab keine schwarzen Frauenrollen bei Shakespeare; zweitens war sie farbig und mußte darum bangen, ob sie wenigstens als schwarz genug für den Othello durchging. Dabei gab es nichts auf der Welt, was Eileen so sehr liebte wie die Shakespeare-Spielfassungen für Kinder und Jugendliche, die sie in der Grundschule einstudierten und aufführten. Im nächsten Jahr war der Othello dran, und Eileen kämpfte mit Stan, einem richtig schwarzen Jungen aus der Grundschule, um die Titelrolle.

Warum Eileen in Fairfield-House gelandet war, ist mir ein Rätsel. Vielleicht waren irgendwann einmal Akten durcheinandergeraten, oder man hatte sie bei der Geburt vertauscht, und sie war eigentlich eines Prinzen Tochter.

Wir, in den unteren Klassen des humanistischen Gymnasiums, hatten uns in den leeren Minuten vor der Pause an der Frage den Kopf zerbrechen müssen: »Was bedeutet Weihnachten für dich in deinem Leben?«, und wir hatten uns durchs Thema gefaselt bis zum Klingelzeichen. In Fairfield, als das Klingelzeichen ertönte, hatten wahre Visionen zu Wort und Sprache gefunden, und doch sahen ihre Verkünder nicht aus wie die Weihnachtsengel, als sie zur Tür hinausschlurften, eher wie seit Jahren um eine gute Geschichte geprellt.

Mr. Elis saß, wenn ich die erste Teepause hatte, zu Hause, war einsam, kraulte den Flöhen im Pelz seiner Hunde den Rücken. Dann stand er auf, hielt die Teller unter den aufgedrehten Kaltwasserhahn und wartete, bis vor seinen kurzsichtigen Augen unter den verschmierten Eidotterschlieren die rosaroten Landhausidyllen und Winterszenen, die in das Porzellan eingebrannt waren, wie Erscheinungen einer besseren Welt hervortraten.

Irgendwann in seinem Leben mußte Mr. Elis aus hohem Flug herabgestürzt sein in die Hundehütte, die Mr. Chang, ich und seine Tiere mit ihm teilten. Seine Mutter, soviel galt als sicher, war Pianistin gewesen. Sie saß zwischen den Katzen auf der Kommode und strahlte den Photographen an. Wahrscheinlich hat sie ihn später geheiratet, und das war das Ende ihrer Karriere und der Anfang vom Ende der Zukunftsaussichten ihres Sohnes gewesen. Man wußte nichts wirklich Stichfestes von Mr. Elis. Mr.

Chang lächelte höflich, wenn ich ihn über den alten Mann auszufragen versuchte, und machte eine seiner furchtbaren Verbeugungen, die ich heute meiner Erinnerung fast nicht mehr abnehmen möchte, so oft habe ich sie inzwischen in alten amerikanischen Filmen gesehen. Ich fürchte, ein Reiskorn war ich für Mr. Chang, ein Huhn oder eine Perle in der Muschel, wenn ich jetzt nicht mit den Kulturen durcheinandergerate, jedenfalls etwas völlig Unwichtiges und doch hinterhältig mit Bedeutung Aufgeladenes.

Mr. Elis ging mit mir so zärtlich um wie mit der Erinnerung an seine eigene Mutter. Er muß sofort gesehen haben, daß ich jung, unerfahren und für Idyllen empfänglich war. Wann immer ich ihn sah, verwandelte er sich zum Inbegriff eines Bilderbuchgroßvaters, und er tat's nicht, ohne daß hinter seinen runden Brillengläsern ein paar verdächtig feuchte blaue Augen hervorblinkten. Sein Haarkranz glänzte silbern über dem von tausend Fältchen verrinselten Gesicht. Zu allem Überfluß hielt er dabei auch noch Perry, die Katze, die nicht Shleepa war, auf dem Arm. Und mit jedem noch gültigen Schwur dieser an allen Ecksteinen und Mauern ins Chaos stürzenden Welt bin ich zu schwören bereit, daß er jedes halbwegs freundliche Lächeln meinerseits mit einem »God bless you« quittierte – was nichts weniger bedeutete, als daß Gott mich segnen solle. Ich leuchtete im Widerschein dieser sanften biblischen Augen auf, weil ich zu glauben anfing, man könne vielleicht doch das Schlamassel, das man das »wirkliche

Leben« nennt, überspringen und direkt zur Weisheit vorstoßen.

»Die Welt ist kalt, berechnend und gemein.« Wie oft habe ich meiner Oma diese komplizierte Summe einer Lebenserfahrung, die ich im Dorfsupermarkt vom erschrekkend bleichsüchtigen alten Herrn Fisser aufgeschnappt hatte, vorgehalten. Aber nie hat sie sich beirren lassen. »Es kommt immer darauf an, wie du selbst bist. Schau zu, daß du andere froh machst, und du wirst dich noch wundern.«

Es war Mr. Elis, bei dem ich anfing, mich zu wundern. Und ich wunderte mich mehr und mehr, bis ich eines Tages das Fürchten lernte.

Da jedoch mußte ich sowieso ausziehen.

KAPITEL II

Mr. Elis ist tot; wir hatten das schon. Aber nicht ich bin es, die das Leitmotiv erfunden hat, jene wiederkehrende Unumstößlichkeit: mit hartem Anschlag auf die Tastatur der Schreibmaschine gehauen, kaum erklungen, schon in sich zusammenschießend, sich in den Klang der eigenen Worte hüllend.

Ich selbst habe fünfzehn Jahre gebraucht, um endlich diesen vier Worten hinter die Kulissen zu schauen. Fünfzehn Jahre beschreiben einen langen Zeitraum. Nicht die Dauer einer Generation zwar – Eileen ist da Gott sei Dank noch nicht epochemachend –, aber die Lebensdauer einer Unwahrheit: von ihrer Entstehung bis zum Moment, in dem sie ihre Stunde gekommen sieht. Sie muß untergehen.

Fünfzehn Jahre bedeutete der Satz »Mr. Elis ist tot« etwas anderes als heute. Heute weiß ich, was ich vor fünfzehn Jahren wußte: als ich noch nicht mit großer Geste den Vorhang einer tremolierenden Erinnerung vor den Satz gezogen hatte. Fünfzehn Jahre lang glaubte ich, ich würde, was hinter ihm stand, neu erfinden müssen. Heute weiß ich, daß ich nur den Vorhang beiseite schieben muß – und schon sehe ich ihm in sein einfaches Gesicht.

Der Weg der Wahrheitsfindung über die Erfahrung ist lang.

Es war an einem sonnigen Samstag Anfang Dezember, als ich aus den vorweihnachtlichen Gewürzwolken des indischen Viertels, in dem ich spazierengegangen war, herabstieg, die Autoschnellstraße hinunter ins Zentrum der Stadt: vorbei an den Ruinen der Alten Kathedrale, vorbei am Neuen Gebetshaus, dessen Parkhauscharme auf das Konto der Deutschen ging; die nämlich waren barbarisch genug gewesen, die gotische Schönheit der alten Kirche in Schutt und Asche zu bomben.

In den wenigen Kopfsteingäßchen des Zentrums, die nicht von den Deutschen zerstört worden waren, reihten sich englische Wirtshausschilder mit Namen wie »Broken Chaucer«: »Der zerbrochene Chaucer«; »Peeping Tom«: »Der vorwitzig lurende Tom«; oder »Old Pipe's Delight«: »Das Vergnügen der alten Pfeife« – Belege für die erfreuliche Wahrheit, daß das Englische im Grunde nicht ins Deutsche zu übertragen ist.

Es war Dezember, aber der Frühling stand in der Luft: ich war verliebt. So verliebt, daß der Himmel aussah wie ein flatterndes blaues Band, in dem die Vögel friedlich kreuzten; daß die Luft roch, als könne man das bevorstehende Weihnachtsfest mit den Fingerspitzen hinwegschnipsen und die ersten Osterglocken hervorzaubern, ehe noch die zähen zeitlosen Tage zwischen den Jahren zu seufzen begonnen hatten.

Ich war verliebt in einen Mann, der mit seinen selbstgemachten Versen die Welt um mich herum in ein Karussell verwandelt hatte. Mir schwindelte vor Glück, wenn ich an seine Verse dachte. Beim letzten Mal hatte er mir versprochen, daß jetzt, wo die Liebe quasi vor der Tür stand, auch der Tod sich greifbarer gestalten würde, und, oh!, mir war, als gäbe es weiter nichts mehr zu sagen.

Er hatte mir mit seinem Vers, der allerdings in ein kleines Reimmuster gezwängt war, das ich wieder vergessen habe, das Herz aus dem Leib gerissen. Da hielt er das schamrot glühende Ding auf seinen Händen, und ich konnte es mir ansehn, dieses arme Wetterhausfigürchen, das immer erst aus den düstersten Schatten hervortreten mußte, um den Sonnenschein und die Freude der Erde zu atmen. Nicht lange, und es stand wieder auf der Regenseite, wo es sich ausweinte über das frisch verlorengegangene Glück. Aber jetzt sah ich ins Freie, denn nichts mehr hatte ich im Kopf als schöne Verse; sie sprengten mir die Augen in den entzückten blauen Himmel, als suchten sie dort das Weite, um nie mehr zurückzukehren in ihre dunklen Höhlen.

Ich wußte, ich wollte Hans.

Nicht weil er ein Dichter war, sondern weil es Zeit war, hohe Zeit. In Fairfield hatte ich einmal vor Schreck, sie könnten die Wahrheit erraten haben, zu weinen angefangen, als Nigel mit einer Rasierklinge von meiner hübschen bunten Zigarettendose, die ich immer bei mir trug, die letzten Buchstaben abkratzte, so daß in großen Gold- und Silberlettern ein engelhaftes »Virgin« darauf prangte und ich die Dose wegwerfen mußte.

Ich war neunzehn und hatte zwar schon die Leiden der

Liebe kennengelernt, aber von den Freuden des Fleisches zu kosten war mir noch nicht vergönnt gewesen. Warum? Angeblich, weil man auf den Richtigen noch wartete, oder, wie meine Oma zu sagen pflegte, »den, der dir das Salz in die Suppe streut«, in Wahrheit, weil man sich nicht vorstellen konnte, daß einem völlig Fremden erlaubt sein sollte, zu sehen, daß man ziemlich dicke Beine unter den weiten Hosen versteckt hielt oder einen wattierten Büstenhalter unter der Bluse.

Aber ich bin vom Thema abgekommen. Ich stehe ja mitten in der Idylle eines guten alten England, mitten im verträumten Gewinkel aus alten Sonettfetzen und neuer Lyrik. Hier war die Welt ein bißchen gut und ein bißchen rein, die Straßen waren sauber gefegt, die Fachwerkfassaden hübsch getüncht, nicht abgeblättert und schimmelverpestet wie in den Außenbezirken, nicht von faszinierenden, die englischen Farben aufmischenden Kulturen durchsetzt. Ich war ihrer Verlockung gerade noch entgangen, bedauere das aber heute sehr. Ich wäre mit Bob Harley, einem Rastafari mit Künstlernamen, glücklicher geworden als mit meinem Dichter. Bob war groß, schlank und wunderbar braunhäutig. Er hatte ein blitzendes Lächeln und Augen, so sanft, daß ich glaubte, er würde eines Tages zärtlich nach meiner Hand greifen und mich um die schmutzigen Regenpfützen im Park herum- auf die blühende, sonnenbeschienene Wiese führen.

Als ich auf der Höhe vom »Baked Running Hare«, dem »Gebackenen Rennenden Hasen«, war, sah ich Hans um die Ecke von Penney's in Richtung Altstadt biegen. Ich habe ihm diesen Namen gegeben, damit unzweifelhaft klar ist, aus welchem Land er kam.

Hans hatte blonde, etwas schüttere Haare, einen roten Backenbart, rotblonde Härchen auf Händen, Armen und, ich darf annehmen, Beinen, und die erfahrensten Augen, die ich in meinem bisherigen Leben gesehen hatte. Was für Hans sprach, war eine aus dem verstecktesten Innern ins Blau seiner Augen heraufströmende Melancholie, eine Mischung, die einen sofort ansprang wie ein noch nicht kennengelernter oder schon wieder vergessener Vers mit vertracktem Reimmuster. Ich hatte noch nie einen fremden Mann gesehen, den ich so ganz durchschaute, ohne ihn zu verstehen.

Er kam näher, ohne mich zu sehen – eine in Büchern allzuoft behauptete Unwahrscheinlichkeit, nur dazu erfunden, die Handlung anzukurbeln. Meist trifft der Held dann eine schöne Frau, die er zärtlich unterfaßt und mit der er im nächstbesten Lokal verschwindet, nur damit die Gefühlsturbulenzen beschrieben werden können, die in der beobachtenden Heldin dabei ausgelöst werden und die es braucht, um einem Erzählstück Tiefe zu geben. Am Ende stellt sich heraus, daß es des Helden Tante Margret war, die er da unterhakte, und die ganze Erzähltiefe war umsonst.

Aber Hans konnte mich wirklich nicht sehen, denn ich hatte mich bei seinem Anblick hinter den Pfeiler des ältesten Pubs von ganz Mittelengland zurückgezogen und klammerte mich an das morsche, dumpf riechende Holz. Warum? Weil auf dem Wirtshausschild über mir ein Mägdlein mit seinem Krug um sich schmiß, derweil der Pumpenschwengel des alten Marktbrunnens auf und nieder hüpfte. Ich sagte schon: Hans brachte die Welt um mich herum zum Kreisen, und mir wurde angst und bang. Er kam jetzt näher und direkt auf mich zu, und er war verheiratet und hatte drei Freundinnen, eine in München, eine in Berlin und eine in Hamburg, und was wollte ich da noch hier an meinem Posten in England stehen und beten, daß die Devotionalienhandlung der Neuen Kathedrale nicht in Rotation geraten und all den Kitsch in die Gegend schleudern würde.

Hans hielt ein Buch in der Hand und las im Gehen. Das war Absicht. Dieses Buch hatte er eigens gekauft, um mir seinen Titel irgendwann vor die Nase halten zu können. Alles hatte tiefere Bedeutung, was dieser Mann tat, alles schien auf geheimnisvolle Art und Weise nur dazu dazusein, mir kleine Liebesangelhaken ins Herz zu werfen. Er war jetzt so nahe, daß ich meinen Augen trauen konnte. »Why not five?« stand auf dem Umschlag des Buches.

»Hallo, da bist ja du«, sagte er, ließ das Buch sinken und sah mich melancholisch an.

Wie gesagt: ich war bereits erfahren in den Qualen der Liebe. Es waren: die Qualen des Wartens. Die über dreihundert Abende zwischen dem siebzehnten und achtzehnten Lebensjahr hatte ich auf einem harten Stuhl sitzend verbracht und das daneben stehende Telefon beschworen, es solle für mich klingeln. An der Wand hing eine nicht mehr einwandfrei funktionierende Uhr. Seit damals weiß ich, daß die Hölle ein Ort ist, in dem eine alte Uhr hängt, deren Stundenschlag anläuft, surrt und murrt, sich in sich selbst verkurbelt und entsetzlich zu knattern anhebt – aber den Gong, den Gong, den bringt sie nie heraus. »Hans!« brach es aus mir hervor. Es klang, als habe sich eine jahrelang von Übelkeit Geplagte endlich erbrochen. Ich keuchte. »Wo kommst jetzt du auf einmal her?«

Er durchschaute alles, faßte mich zärtlich unter und ging mit mir ins nächstbeste Lokal.

Da saß ich, bei weitem nicht so schön wie Tante Margret, mit nichts als vorenthaltenem Glück in der Tasche und der Fähigkeit zu einer solchen Sehnsucht, daß man diesem armen, mißbrauchten Wort hier und an dieser Stelle getrost seinen einstmals ihm innewohnenden, unerhörten Schmerz glauben darf.

Wir hatten noch nicht entschieden, was wir trinken wollten, schon spürte ich, wie er mich zu einem Viertel zu sich hinzog, zu drei Viertel aber wäre ich von allein gesunken, hinein in seine ehebrecherische Umarmung. Christus vergab der Ehebrecherin, also hätte er es auch verziehen, wenn wir tatsächlich aufs royalrote Pub-Plüschsofa gefallen wären, denn in seinem Hause war kein Platz ...: es ist beschämend, wenn man mit neunzehn Jahren herumläuft und nichts als durcheinandergeratene Sprüche und Annodazumal-Geschichten im Kopf hat. Ich fühlte mich wie eine aus den Fugen quellende Pappschachtel, die alles aufbewahren muß, was man sich vielleicht irgendwann noch einmal durch den Kopf gehen lassen wollte, eines Tages, wenn das Leben nichts mehr brachte und man zurückkehrte in die Abstellkammer, um ein bißchen in den verblaßten Sprüchen aus der Pappschachtel zu wühlen.

Aber in sein Haus hätten wir wirklich nicht gehen können, denn er hatte sich für seinen Urlaub bei einer Ex-Geliebten einquartiert, die mittlerweile verheiratet war, drei Kinder ihr eigen nannte und vor zwei Monaten ihre alten Eltern zu sich hatte übersiedeln lassen. In Mr. Elis' Hundeheim konnte ich ihn auch nicht mitnehmen. Ich pflegte dort direkt aus den Schuhen ins halbwegs nach mir und sonst nichts riechende Bett zu steigen, wo ich wartete, bis es Morgen wurde. Ich hätte mich am Ende nur geekelt, und Hans hätte das falsch aufgefaßt.

Es war drei Uhr, Nachmittag, eine tote Stunde. Es mußte etwas geschehen. Also tat ich Ungehöriges: ich bestellte einen doppelten Scotch. Hans trank Tee. Ich hatte ihn für diesmal übertrumpft.

Wer jetzt erwartet, daß ich das kleine große Mädchen am Tisch neben dem erfahrenen Hans betrunken werden lasse, um zu zeigen, wie die Religion ihre Ungeheuer gebiert, der soll gehen und sich mit schlechten Filmen herumschlagen. Ich nippte an meinem Glas, drückte den Rücken durch und hielt mit letzter Mühe meinen Mund. Hätte ich ihn geöffnet, dann wäre auf der Welt nur ein Satz möglich gewesen, der Sinn gemacht hätte: »Mir ist kalt.« Es klapperten mir nämlich die Zähne.

»Wie schön du bist, wenn du den Schal mal abnimmst«, sagte Hans und wickelte mir ein Ungetüm von rotem Schal, den ich damals immer trug, um ein bißchen mit der Zeit zu gehen, vom Hals.

»Du hast einen wunderbaren Hals.«

»Ich?« fragte ich zähneklappernd. Als ob er gerade mit dem Erdnußspender auf dem Tisch gesprochen hätte!

»Ist dir kalt?« – Ich schüttelte den Kopf.

»Frierst du?« – Ich nickte.

Eine erschütternde Zärtlichkeit stand ihm in den Augen. Er sah mich an, und ich bilde mir heute noch ein, daß er der beste Kerl von der Welt war, zumindest, daß ich ihn davon hätte überzeugen können. Ich glaube, ich hätte ihn sogar dazu überreden können, sich mit Mrs. Morton vor Quinnsworth zu stellen und grüne Erbsensuppe an die Armen zu verteilen.

»Hast du Hunger?« fragte er und griff nach meiner Hand.

»Neinneinneinnein«, wehrte ich erschrocken ab. Eine einzige Erdnuß aus dem Erdnußspender hätte mir den Magen umgedreht. Große Liebe – diese Erfahrung hatte ich schon mit siebzehn gemacht – kommt zu sich selbst, wenn man überm Waschbecken hängt und sich übergibt. Er ging und holte sich ein Hühnchensandwich.

Der Samstagsansturm der Lunchzeit war vorüber. Das Pub war fast leer, nur im Sonnenlicht tanzten die, die das immer tun: die Staubfädchen. Drei Tische weiter saß der Reverend meines Wohnbezirks, den ich auf einem Flohmarkt für die Armen kennengelernt hatte, mit einer Frau, dem Hut nach die seine. Sie blickten zu mir herüber, sprachen kurz miteinander, standen dann auf und kamen an unseren Tisch.

»Hallohallo! Wohlverdiente freie Stunden! Was machen unsere Mörderchen in Fairfield?«

»Oh, gut, Mr. Preewell, gut, liebe Kinder, wissen Sie, es gab Eingewöhnungsschwierigkeiten, liegen lange zurück jetzt, Sie als Schotte können ein Lied davon singen.«

Er hob die Augenbrauen, das heißt, er sah mich fragend an.

»Ich meine geschichtlich, wegen England, und ich werde unbedingt zu Ihrem Liederabend ›Robert Burns‹ gehen. – Ihre Frau?«

Als Schotte hatte er genug Sinn für Humor, daß er sie mir vorstellte, indem er ihr ziemlich kräftig auf den Rükken schlug.

»Richtig! – Linda, das ist die Hilfssozialarbeiterin in Fairfield. Eine, hm, Deutsche.«

»Lovely«, sagte Mrs. Preewell und wurde blaß. Sie hatte gelogen.

»Nächstes Wochenende fahren wir zum Wandern in die Highlands, und wir haben eben überlegt, es wäre doch ganz reizend, wenn Sie mitkämen«, sagte der Reverend.

»Reizend – oh wie nett – sorry.« Ich schwieg panisch.

Hans hatte noch zweieinhalb Wochen Urlaub in England. Kurz vor Weihnachten wollte er wieder zu Hause sein. Ich konnte unmöglich am nächsten Wochenende singend in den Highlands herumklettern.

Ich blickte vorsichtig in Mr. Preewells Richtung und sah einen gutgelaunten Grauschopf über einem Körper, der aussah, als würde er von Mr. Preewell im hochalpinen Schnee Schottlands allmorgendlich eine Stunde lang zum Kniebeugen gezwungen. Nie mehr habe ich einen so gut durchbluteten Mann wie den Reverend gesehen.

Seine Frau dagegen? – Ich muß gestehen, daß sie sich aus meiner Erinnerung davongemacht hat. Sie ist untergegangen, wie ein blasser Stern neben einem roten Mond untergeht. Sie sitzt jetzt im ältesten Pub Mittelenglands als eine nicht mehr vorhandene Figur, eine Art Gestaltnebel, denn daß sie dabei war, weiß ich wegen ihres Hutes. Außerdem sagte der Reverend nun:

»Liebes, du und Tante Harriet, ihr müßt ihr unbedingt die ›Lieder vom Tod und Verfall‹ vortragen ... – wunderbare Arrangements der schönsten unserer schottischen Balladen.«

Ich glaube, seine Frau wurde daraufhin blasser, als es der blasseste Stern neben dem rötesten Mond sein kann. Niemals würde ich mich mit einem Reverend einlassen! Die pusten dir den letzten Lebensatem aus mit ihrer Wohlgemutheit.

Hans hatte endlich sein Sandwich aufgegessen. Wie nah wir uns schon waren, bewies sein Feingespür für die traurige Situation, in die ich geraten würde, wenn er sich nicht was einfallen ließ.

»Reverend«, sagte er.

»Hans Heier«, sagte ich, denn ich hatte vergessen, ihn vorzustellen.

»Reverend«, er nahm einen Schluck Tee, »jetzt bin ich extra aus Deutschland angereist, um meine Schwester zu besuchen. Sie werden sie mir doch nicht für ein ganzes Wochenende entführen wollen?«

Das mit der Schwester war schwach. Von einem Dichter hatte ich mehr erwartet.

»Hm ...« – der Reverend besann sich einer zu diesem Laut passenden Geste und wiegte dann den Kopf – »... Schwester, sagen Sie?«

»Stiefschwester in Wahrheit. Weder Vater noch Mutter gemeinsam, noch Tante noch Onkel.«

»Kommen Sie doch alle miteinander mit!« rief jemand. Es muß die nicht vorhandene Reverendsgattin gewesen sein. Der Reverend selbst wiegte nämlich noch immer sein Haupt.

»Großartig!« Hans schlug sich auf die Stirn, als könne er es nicht fassen, daß eine andere Person als er selbst auf diese Idee hatte kommen müssen.

»Na gut«, willigte der Reverend ein. »Kommen Sie Freitag abend nach dem Gottesdienst in die Sakristei. Wir fahren abends noch ab.«

Ich nahm einen tiefen Schluck von meinem Whisky.

»Alle Achtung!« rief der Reverend anerkennend. »Bis

Freitag! Gutes Schuhwerk, warme Pullover! Bringen Sie Liederbücher mit! Wir übernachten bei meiner Tante Harriet!«

Kaum waren sie draußen, klapperten mir wieder die Zähne.

»Hans«, klapperte ich, »... Stiefschwester?«

Er nickte.

»Und vergiß nicht: meine Mutter ist bei einem Autounfall ums Leben gekommen und deine beim Bergsteigen.«

»Ja, aber ...« Ich war verwirrt.

»Nein, Dummchen, ich meine natürlich deinen Vater. Wir sind beide aus erster Ehe.«

KAPITEL III

Als ich nachts allein nach Hause ging, kam ich am Standbild der Lady Godiva vorbei; man hatte ihr einen Ehrenplatz in der Einkaufspassage zwischen Quinnsworth, Penney's, dem Scottish Warehouse und einigen kleinen Boutiquen zugewiesen. Hinter ihr, aus einem in die Wand gearbeiteten kleinen Fenster, beugte sich die Figur des Peeping Tom heraus. Er hatte ein Auge geöffnet; das andere hielt er sich demonstrativ mit der Hand zu.

Lady Godiva, so ging die Sage, hatte im alten England des frühen Feudalismus, vor nunmehr beinahe tausend Jahren also, die unter der gnadenlosen Steuerlast ihres Gatten stöhnenden Bürger vorm Hungertod bewahrt, indem sie ihren Herrn und Gemahl in typisch englischer Wettlust herausfordernd ansah: »Wetten, daß ich nackt durch die Stadt reite?«

»Was wetten?« fragte ihr halsabschneiderischer Gatte.

»Du milderst die Steuern, wenn du verlierst, und ich, wenn ich verliere, kauf' mir nie mehr neue Kleider.«

»Das machst du nie!« gähnte ihr Gatte und pfiff die Hunde herbei. Aber er nahm die Wette an.

Nun hatte Lady Godiva einen ihr treu ergebenen Herold, dem einiges daran gelegen war, daß man seine Lady nicht so sah, wie der Herrgott sie geschaffen hatte. Er ließ also in der ganzen Stadt ausrufen, daß am Soundsovielten, um Mitternacht, Lady Godiva nackt durch die Stadt ritte, um die Steuerlasten der Bürger zu senken. Alle Bewohner der Stadt seien im Namen Lady Godivas und eines barmherzigen Gottes dazu aufgerufen, in ihren Betten zu liegen und zu schlafen. Wer dies nicht im Namen Lady Godivas oder des barmherzigen Gottes tun wolle, den würde die gerechte Strafe ereilen.

Natürlich hatte der Herold, um die Ehre seiner Lady zu retten, das denkbar Falscheste getan, was man in einer solchen Situation hätte tun können. An jedem anderen Tag gab es zu jenen Zeiten nämlich nicht einen, der nicht Glock zwölfe laut schnarchend in seinem Bett oder auf seinem Strohsack lag, und nichts in der Welt hätte ihn dazu bringen können, zu solch unchristlicher Zeit aufzustehen und aus dem Fenster zu sehen – nicht einmal sein eigener, auf einem Besenstiel zum Teufel reitender Großvater.

Zur festgesetzten Zeit also – es war eine stürmische Märznacht, und Lady Godivas Pferd zitterte vor Kälte, während sie selbst, von der Gloriole ihrer guten Tat aufgeheizt, bis über die Ohren glühte –, zur Stunde zwölf, als sie dahintrabte durch das scheinbar schlafende Städtchen, gab es nicht einen, der nicht das Klappern ihrer Hufe gehört, nicht einen, der nicht wach gelegen und die schwerste Stunde der Versuchung für sich gekommen gesehen hätte.

So mancher, der sich seiner eigenen Schwachheit wohl bewußt war, hatte sich, schon als der Abend dämmerte, alle vier Gliedmaßen an die jeweils nächstgelegenen Pfosten seines Bettes fesseln lassen und lag, nach allen vier Himmelsrichtungen gleichermaßen gestreckt, als ein Sinnbild des Leidens in seinem Gemach.

Andere frohlockten über die Güte des Herrn, der ihnen endlich die langersehnte Probe ihrer Rechtschaffenheit abfordere, und verschärften den, wie ihnen dünkte, gar zu niedrig angesetzten Leistungsgrad, indem sie sich im Kreise ihrer Familie geißelten.

Wieder andere, Sorglose, zu wenig Vorausschauende, hatten ihre eigene Charakterstärke überschätzt, hörten Lady Godivas Pferd traben, fühlten ihren Willen schwinden und baten im letzten Augenblick ihre stärkeren Ehehälften, sie ganz fest im Arm zu halten und unter keinen Umständen mehr loszulassen, bis daß der Morgen graue.

Ein paar arme Teufel lagen in ihren Betten und weinten bitterlich; sie hatten sich derart in die Angst hineingesteigert, der Böse könne sie bei der Hand nehmen und zum Fenster führen, daß sie nicht mehr zu unterscheiden vermochten, ob er's nicht vielleicht doch schon getan hatte, während sie noch wähnten, sich die Decke über den Kopf gezogen zu haben. Da lagen sie und sahen im Geiste einen wunderbar weißen, weichen Leib auf einem schwarzen Pferd vor ihrem Fenster vorbeireiten, und die Schönheit beider Körper brannte in ihrer erhitzten Phantasie, daß es ihnen schien, als seien die Augen ihnen geblendet.

Aber auch Frauen gab es, die gar zu neugierig waren, wie denn nun ihre Herrin unter ihren Brokatgewändern gewachsen war und ob sie es mit der unter den eigenen

Lumpen arm, aber sauber erstrahlenden eigenen Schönheit aufnehmen konnte. Sie wußten, sie hätten ihre Seele verkauft, um einmal nur ihre eigenen Brüste mit denen einer hochgestellten Frau zu messen, und also, aus einem letzten Funken von Dankbarkeit für die Tat ihrer Landesherrin, mischten sie sich selbst einen kräftigen Schlaftrunk und tranken ihn zur Gänze aus, als die Stunde nahte.

Lady Godiva auf ihrem Pferd: ritt durch die mondhellen Gassen und sah das Himmelreich vor sich.

Die Menschen in ihren Betten: litten und waren in den wüsten Versuchungen des irdischen Lebens befangen.

Fast hatte Lady Godiva die Stadt schon durchquert; es gab nur noch ein Häuschen, an dem sie würde ihren edlen, glühenden Körper vorbeitragen lassen müssen: das Häuschen des alten Torwärters Tom. Lady Godiva, erhobenen Kopfes, sah ihn im Geiste auf seinem Strohsack liegen und von den Schauern des Höllenfeuers träumen; ein bißchen ließ sie nach in ihrem inneren Leuchten. Der Kampf, schien es, war ausgefochten.

Aber sie kannte die Nöte des alten Tom nicht. Toms Himmel auf Erden war, seit er sich in Gedanken mit der Sünde beschäftigen konnte, einmal im Leben, einmal nur, eine Frau zu sehen, so wie der Himmel sie erschaffen hatte. Immer verwies man den armen Tom aufs Jenseits: Gott würde entscheiden, ob er ihm dort dieses Glück zuteil lassen werde; wenn er aber brav aushielte und treulich die Tore öffne und schließe, könne es sein, daß Gott sich im Himmel seiner irdischen Sehnsucht erbarme und ihm einen Engel schicke, so nackt, wie nur je ein Mensch auf die Welt kam.

Tom wußte, daß seine Stunde gekommen war; er wußte, jetzt hieß es wählen zwischen einer Ewigkeit mit einem Moment unwägbaren und ungesicherten Glücks oder einem Augenblick wirklich und wahrhaftigen Glücks, jetzt gleich, im nächsten Moment.

Als Tom die Hufe von Lady Godivas Pferd heranklappern hörte, geriet er in die Panik, die solche entsetzlichen Entscheidungen in uns heraufbeschwören. Eine unsichtbare Stimme rief ihn zum Fenster.

»Nein!« schrie Tom, »Geh weg!«, und hielt sich die Ohren zu.

Lady Godiva hörte den unfreundlichen und, wie ihr schien, undankbaren Ruf, hielt abrupt vor Toms Haus und war sehr verärgert, daß ihr eine derart lauthalse Stimme die heilige Nacht entzweischlug. Sie sah hoch zu Toms Fenster.

»Nein!« schrie es wieder hinter den Vorläufern der Butzenscheiben. »Nein! Geh weg!, nein!«

Und mit einem Mal begann Lady Godiva entsetzlich zu frieren. Sie bebte, zitterte, und dann – rutschte sie in sich zusammen. Am Fenster nämlich erschien Toms Kahlkopf, und er hatte beide Hände fest auf die Augen gepreßt. »Tom, sieh nur hinunter, sie ist das Schönste, was du in deinem Leben je gesehen hast.«

Lady Godiva saß erstarrt und konnte den Blick von Tom nicht mehr wenden. Wie das Kaninchen auf die

Schlange starrte Lady Godiva auf den alten Tom. Tom, in allergrößter Seelennot, schluchzte auf, nahm eine Hand vom gerade eben noch zusammengepreßten Auge und hielt sie sich ans Ohr. Das Flüstern wurde hohl, aber um so schärfer:

»... das Schönste, Tom, das Schönste, der Himmel auf Erden, der wahrhaftige Himmel auf Erden ...«

Da war es um Tom geschehen. Er brachte auch die andere Hand hoch, hielt sie sich übers linke Ohr, und wie von selbst ging das zuletzt freigewordene linke Auge auf, während das andere schon gelernt hatte, auch ohne Hand zusammengekniffen zu bleiben.

Und Tom sah sie. Sah Lady Godiva. Sah sie im Mondenschein auf ihrem schwarzen Pferd sitzen. Sah sie weiß auf schwarz unter seinem Fenster sitzen und wie gebannt zu ihm heraufstarren.

Und sie sah aus wie ein zusammengerutschter, armseliger, weißer Sack.

»Oh mein Gott!« brach es aus Tom heraus. Er schluchzte auf, und dann rann ein Strom von Tränen, reißend wie die glühenden Ströme der Hölle, aus seinen Augen und spülte sein Augenlicht für immer mit sich fort.

»Oh mein Gott!« rief auch Lady Godiva. Sie hatte Furchtbares gesehen: im gleichen Augenblick, in dem in Toms Augen ein grenzenloses Verlangen durchgebrochen war, waren sie ihm für immer gelöscht worden.

Tom war blind; Lady Godiva aufs tiefste bestürzt.

Sie riß die Zügel herum und galoppierte nach Hause. Ihr

Herz brannte wie das Feuer, das Toms Augen gelöscht hatte. Sie hätte es am liebsten aus sich herausgerissen.

Statt des Bewußtseins einer guten Tat hatte sich für immer der Blick einer betrogenen Sehnsucht darin eingegraben.

KAPITEL IV

Der nächste Tag war ein Sonntag. Der Sonntag war der Karfreitag der Woche.

Sonntags war die Frühstücksbude geschlossen. Der alte Pete würde zu Penney's gehen und bis zum Nachmittag auf Mrs. Mortons grüne Erbsensuppe warten müssen.

Ich habe noch immer keine Lust, mich über Mrs. Morton und ihre Schöpfkelle mit grüner Erbsensuppe lustig zu machen. Pete würde es nicht verstehen. Auch für Pete war Mrs. Morton nicht, was schon Lady Godiva für Tom nicht gewesen war: der Himmel auf Erden. Aber während hinter Mrs. Morton, in den Schaufenstern, dicke alte Weihnachtsmänner mit Goldpapier umwickelte Schachteln aus grauen Kartoffelsäcken hievten – Schachteln, in denen nichts eingepackt war als die dunkle Leere vorgetäuschter Wunscherfüllungen –, tauchte die streng dunkelblau gekleidete Mrs. Morton genau zweimal ihre große Schöpfkelle in einen Eisentopf mit dickflüssiger Erbsensuppe, ließ den Inhalt der Schöpfkelle in eine Plastikschale fallen und gab die Plastikschale weiter an Pete. »Pete ist ein Lebenskünstler«, sagte sie.

Zwei Figuren haben sich in meiner Geschichte gefunden: eine Gönnerin und ein dankbares Opfer. Was aber sollen die selbstgefälligen Bemerkungen wohlgenährter Menschenfreunde, die sich jetzt in ihrem Sessel zurücklehnen und mit gegeneinandergesetzten Fingerspitzen herummäkeln, daß Pete weder mit einer solchen Gönnerin noch mit grüner Erbsensuppe geholfen wurde? Womit würden sie einem Pete helfen? Mit bedauernden Worten, daß ihm nicht zu helfen sei?

Pete brauchte Mrs. Morton nicht, um ein Opfer zu sein. Man mache Mrs. Morton keine Vorwürfe; nicht jede Gönnerfigur definiert sich durch ihr Opfer. Was hätte Mrs. Morton sonst für Pete tun können? Daran arbeiten, daß er es noch mal zu einem von Enkelkindern umlagerten Großpapa bringen würde, mit einer adretten Tochter, die ihn zärtlich auf die Nase küßte, wenn sie ihm die Tasse Schonkaffee reichte?

Pete und Mrs. Morton gehören in dieser Erzählung zusammen, ohne daß der eine den andern preisgibt.

Natürlich wäre die ganze Geschichte hinreißend geworden, wenn Mrs. Morton statt Erbswürsten Patronenkartuschen in der Tasche gehabt hätte oder statt ihrer Vorsingenoten ein soziologisches Traktat über die Hintergründe der Armut im Spätkapitalismus. Ich kann ihr das alles aber beim besten Willen nicht unterjubeln; es würde nicht zu ihr gepaßt haben.

Genug von Mrs. Morton und ihrem Lebenskünstler. Die Frage war, wie ich den Sonntag würde überstehen können, ohne zu verhungern.

Mr. Elis, hoch erfreut, daß ich nicht wie jeden Werktag klammheimlich über die zertretenen Pelzblumen im Treppenteppich hinab, an der Küche, aus der allerlei Gerüche strömten, vorbei und zum Haus hinausschleichen konnte, ohne mein im Mietpreis inbegriffenes, also vorausbezahltes, also zu essendes Frühstück auch wirklich zu verzehren, nahm, als ich oben leise die Tür öffnete, die Pfanne, in der, wie ich wußte, neben echt Englischem auch scheußlich nicht Dazugehörendes brutzelte – stellte er sie doch gern auf den Boden, um seinem gingergelben Lieblingshund Ariel das Bratfett zu überlassen, was Ariel insofern nutzte, als er gleich mit allen vieren einstieg und in der Pfanne ein Bad nahm –, kam aus der Küche, postierte sich ans untere Ende der Treppe und sang mit der ihm eigenen Bilderbuchstimme die Treppe hinauf: »Früühstück ist fertig! – Loove!«

Ich blickte das gewundene Treppengeländer hinab und hinein in ein hinter aufsteigenden Schwaden freundlich mir zunickendes Glück. Es war Sonntag, er hatte alle seine Schäfchen beisammen, er wurde gebraucht, und er war nicht mehr einsam. Mr. Chang würde den ganzen Vormittag zeitunglesend auf Mr. Elis' Sofa und ich, freundlich mit Mr. Elis plauschend, auf Mr. Elis' Sessel sitzen. Ich dachte an Zitronen, Orangen, frische Grapefruit und die Parfumabteilung von Harrods, als ich, es war nun nicht mehr abzuwenden, mit einem heiteren »Guten Morgen« in die Stube trat.

Der Tisch war schon gedeckt. Aus irgendeinem Winkel war von Mr. Elis ein Väschen mit verstaubten Plastiknelken herbeigezaubert worden. Der Sonntagmorgenstrahl der englischen Dezembersonne war stark genug, um durch die verklebten Fensterscheiben hereinzudringen;

jedenfalls war genug davon da, um Hunden und Katzen ein Aussehen friedlich verschlafener Harmonie zu geben. Ich kippte, als Mr. Elis die Teller holen ging, meinen Stuhl so heftig zur Seite, daß Shleepa, die Katze, böse mähend hinunterplumpste. Mr. Chang saß erleuchtet vor seinem Teller; er sah aus, als habe er sich damit abgefunden, daß alles Leben dem unablässigen Leiden unterworfen ist.

»Nun denn«, sagte Mr. Elis glücklich, als wir alle unsere Teller und Tassen gefüllt vor uns stehen hatten, »gesegnete Mahlzeit!« Wir nickten dankend; er nahm Messer und Gabel zur Hand und begann eifrig zu essen. Ich wühlte in meinem Ärmel nach einem Taschentuch, weil ich wußte, daß es da bestimmt nicht war, und wartete im übrigen ab, was Mr. Chang zu tun gedenke.

Mr. Chang saß und faltete die Hände, obwohl Buddhisten das meines Wissens gar nicht tun müssen, wenn sie beten. Mr. Chang, soviel war deutlich, war auf der nächsten Stufe der Versenkung angelangt.

Ich nahm mein Messer, wog es eine Weile in der Hand, legte es wieder ab, fand endlich, in der Hosentasche, mein Taschentuch und putzte mir lange, lange die Nase. Dabei dachte ich an meine Oma.

Mr. Elis war froh, unzweifelhaft froh. Ich hatte ihn froh gemacht. Seit Monaten habe er keinen zweiten Mieter mehr bekommen können, hatte er gesagt, den brauche er aber mindestens, um überleben zu können. Alles sei so teuer geworden. Er sei froh, ja: froh, daß ich da sei. »God bless you.« Und jetzt sei er auch nicht mehr so einsam.

»Meine Mutter, Love, die wäre nicht wenig erfreut gewesen, wenn ich ihr an ihrem Sterbebett erzählt hätte, daß ich noch einmal ein so unschuldiges, liebes junges Ding in ihrem Haus würde beherbergen dürfen.« Seine Mutter habe immer gesagt, er sei »nichts für die Ehe«, und da habe sie auch recht gehabt, aber daß er es noch einmal so weit bringen würde, in hohem Alter einem neunzehnjährigen Mädchen die Spiegeleier braten zu dürfen, nein nein nein, das habe nicht einmal er noch zu hoffen gewagt. Alle Mieter der letzten zwanzig Jahre seien Junggesellen und über fünfzig gewesen. »God bless you.«

Ich nahm die Gabel hoch, machte den Fehler, mit ihr ins Eidotter zu stechen, und sogleich floß blasses Dotter daraus hervor und machte die Würstchen irgendwie gelblich. Es mußte etwas geschehen. Ich hatte keinerlei Skrupel: das würden sie nicht einmal in Indien mehr essen wollen.

»Mr. Elis«, sagte ich ins Blaue hinein, obwohl die Stube insgesamt eher grau wirkte.

»Ja, Love?«

»Mr. Elis ... – bald ist Weihnachten.«

»Ja, Love.«

Die Standuhr auf der Kommode fing an zu ticken.

»Und, Mr. Elis, Weihnachten ist nicht Ostern wegen der Eier.«

»Nein. Wie bitte, Love?«

Draußen fuhr ein Auto vorbei.

»Ich meine, Mr. Elis, Ostern ist das Fest der Freude – auch in der anglikanischen Kirche?«

Mr. Elis nickte.

Die Uhr tickte.

Draußen fuhr ein zweites Auto vorbei.

Mr. Elis schob sich seine Scheibe Speck in den Mund. Mr. Chang hatte ein Würstchen auf der Gabel und wartete. Der Mops unterm Tisch sprang auf Mr. Changs Schuh.

»Und, Mr. Elis, da habe ich mir gedacht, daß so ein Weihnachtsbaum doch auch seine schönen Seiten hat.«

In der Ferne schlug eine Turmuhr halb. Gleich darauf klirrte es lange und nachhaltig in der kleinen Standuhr neben der Photographie von Mr. Elis' Mutter auf der Kommode.

Mr. Elis nickte, nahm einen Schluck Tee und sagte, morgen wolle er den alten Weihnachtsbaum, den noch seine Mutter gekauft habe, aus der Abstellkammer holen. Er sei der erste seiner Art gewesen, mit Schnee auf den Zweigen und elektrischer Beleuchtung. »Aber das Essen wird ja kalt, Love.«

Ich beeilte mich, eins meiner zwei Würstchen etwa in der Mitte durchzuschneiden. Jetzt hatte ich drei auf dem Teller.

»Mr. Elis?«

»Love?«

Der Mops jaulte auf und verstummte. Mr. Chang hatte nur noch ein Würstchen zu bewältigen.

»Mr. Elis, wenn so ein Weihnachtsbaum brennt, ist das nicht mehr schön. Kommt es öfter vor?«

Mr. Elis sah mich fragend an.

»Ich meine«, sagte ich und atmete erleichtert auf, »wollen Sie ihn dort hinten in die Ecke stellen?«

Das Ticken der Uhr spielte jetzt keine Rolle mehr.

Mr. Elis drehte sich umständlich um und sah hinter sich.

Ich warf Mr. Chang meinen Schinkenspeck und die Hälfte meines einen Würstchens auf den Teller. Mr. Chang verbeugte sich höflich. Meine Augen flehten um Vergebung, aber er sah's nicht, denn er hielt, wie immer wenn er es mit mir zu tun hatte, den Kopf gesenkt.

»Na, in diese Ecke wohl nicht«, sagte Mr. Elis, sich wieder seinem Teller zuwendend, »dort steht ja doch der Korb für die Hunde, und Bosco, wissen Sie«, er tätschelte seinem Großen das Maul, »Bosco ist ein bißchen ungestüm.«

Wohl wahr! Bosco hatte mich einmal fast mitsamt meinem Mantel zerrissen, als ich morgens zur Tür hinausfloh und er mir hinterherschnappte. Und wenn Bosco an jemandem hochsprang, dann nicht, um ihm treuherzig die Pfoten auf die Schultern zu legen und »Guten Tag« zu sagen, sondern einzig und allein zu dem Zweck, ihm die Ohren abzubeißen.

»Aber vielleicht in die andere Ecke, Love?«

»In welche, Mr. Elis, in welche?«

Leider deutete er über mich hinweg in die hinter mir befindliche Ecke des Raums.

»In die.«

»Aber hinter Ihnen, würde er hinter Ihnen, in jener Ecke, dieser, also der dort, nicht besser stehen?«

»Wo?«

»Dort!«

Ich streckte meinen Finger gebieterisch über ihn hinweg in Richtung Eckschrank. Er drehte sich um und schüttelte dabei verwundert den Kopf. Mr. Chang hob den Teller hoch und zur Seite und ließ mein Würstchen, sein Würstchen, seine Speckscheibe und meine Speckscheibe unter den Tisch fallen. Ich konnte ihm gerade noch meine geröstete Tomate zuwerfen. Schließlich tat ich ja hier die ganze Arbeit allein.

»Mr. Elis«, sagte ich kauend.

»Love?«

»Mr. Elis, es kann sein, daß ich nächstes Wochenende verreisen muß.«

Mr. Elis ließ die Gabel sinken. »Verreisen? Jetzt? Gerade vor Weihnachten?«

Ich ließ den Kopf hängen.

»Doch nur für das Wochenende. Ich fahre mit dem Reverend der Kathedrale nach Schottland.«

Er nahm die Brille ab. Er sah entsetzlich einsam aus. Seine Augen waren fast in ihren Höhlen verschwunden, so einsam war ihnen zumute. Er legte die Gabel beiseite.

»Das ist ein bißchen traurig, Love, wo es sonntags immer so schön ist bei uns. Gerade sonntags. Sonntags ist der Mensch nicht gern allein, weil er sonntags immer so einsam ist.«

Oma!! Ich schüttelte die Faust. Innerlich, denn wir saßen ja fromm wie die Lämmer am Tisch. »Du wirst dich noch wundern ...« – war das ein Fluch gewesen? Ich war mit einem Mal mutlos wie ein Kind, dem man sagt, daß es nie in den Himmel kommen würde, weil es immer so schlimme Dinge trieb. So ging das nicht weiter.

»Mr. Elis!« sagte ich eine Spur schärfer, als ich selbst es mir zugetraut hätte. »Mr. Elis! Ich muß nach Schottland, weil dort Arbeit auf mich wartet!«

Das wirkte. Mr. Elis war schließlich Protestant.

Ich war geknickt wie ein gebackener Hase, der nicht mehr davonrennen kann. Nie und nimmer würde ich hier wieder ausziehen können! Bis zum Ende seines Lebens würde ich sonntags Mr. Chang meine Würstchen zuwerfen, dabei hatte ich wie jeder gute und jeder schlechte Mensch Sonntag morgens natürlichen Hunger. Wenn das so weiterging, würde ich die beiden noch nicht einmal überleben. Und das war's dann wohl gewesen mit dem ›schönen Leben‹ für den Rest meiner Tage! Frauen fallen in der Regel eher vom Fleisch als Männer.

Ich überlegte, ob ich schon den Satz wagen dürfe: »Oh Mr. Elis, ich bin ja so satt!«, aber da lagen noch das Ei, ein großes Häufchen gebackene Bohnen und eineinhalb Würstchen auf meinem Teller; Mr. Elis, das mußte man sagen, ließ sich nicht lumpen mit seinem Frühstück. Mich packte der Zorn.

»Hat es nicht geklopft?« fragte ich.

Sowohl Mr. Elis als auch Mr. Chang schüttelten verneinend den Kopf. Mr. Chang würde ich an einem der nächsten Wochenenden den Mops vergiften. Vor dem Frühstück!

»Es hat geklopft!« sagte ich entschieden, stand auf, den Teller wie geistesabwesend, scheinbar ganz auf die Frage konzentriert, wer da wohl draußen stünde, in der Hand. Ich ging zur Hintertür, wobei ich die Augen schloß, um mein Gewissen zu schonen: all den Dreck aus Katzenklos, Hundefutterdosen, Abfalltüten; sollte ich ihn nicht längst hilfsbereit und eigenhändig beseitigt haben?

Ich öffnete die Tür. Um ein Haar hätte ich Ei, Bohnen und Würstchen in ein Gesicht geschmissen. Es war das von Paul Johnston.

»Schscht, Paul!« zischte ich und wischte mir mit dem Ärmel das Gesicht ab. »Du kriegst ein Pfund, wenn du nach vorne gehst und klingelst.«

Ich war gerettet. Die Lösung hieß Paul. Paul war Mr. Elis' allerbester Freund, ein sechzehn Jahre alter Junge aus der Nachbarschaft, der für Mr. Elis Einkäufe erledigte, Wäsche in die Wäscherei brachte und sich bei Mr. Elis durchfüttern ließ. Außerdem führte er bisweilen die Hunde aus. Für ein Pfund machte Paul alles. Er klingelte.

Mr. Elis stand auf und brauchte ziemlich lange, bis er die wütend bellenden Hunde von der Tür zurückgezerrt hatte. Der Mops war der einzige, der etwas Besseres zu tun wußte, als dem armen Paul Angst einzujagen. Erst fraß er Mr. Changs Teller leer, dann den meinen. Ich leckte mir die Finger, sagte zum wieder ins Zimmer tretenden Mr. Elis »Vielen Dank« und beschloß, brutal zu sein und Mr. Elis, Mr. Chang und Paul ohne mich zurückzulassen. Ich mußte sofort hinauf in mein Zimmer. Mir war, als müßte ich nachdenken; ich wußte nur nicht, über was.

Ich dachte so lange nach, bis ich es wußte:

Ich machte Mr. Elis froh – aber wer machte mich froh? Ich würde Mr. Elis auch nächste Woche froh machen, denn ich hatte ihm gestern morgen das Geld für die kommende Woche gegeben und mußte mit meinem Hilfssozialarbeiterlohn so knapp rechnen, daß jetzt für eine andere Unterkunft kein Geld mehr blieb. Ich war jung, und ich war einsam. Mr. Elis war alt, und Mr. Elis war einsam. Der Jüngere gibt nach. Man mußte einfach bei ihm bleiben. Man wurde zum Leben gebraucht. Man war der ersehnte Mieter. »Stell dir immer vor, du wärst der andere, dann findest du heraus, wie du den anderen froh machen kannst.«

Wäre ich Mr. Elis gewesen, ich hätte mich auch angefleht, bei mir zu bleiben. Ich hätte mir auch jemanden wie mich in meinem Haus gewünscht. Eine Geeignetere gab's nicht, weil es eine mit einer solchen Großmutter nicht noch einmal gab. Ich würde warten müssen, bis jemand auftauchte, der sich darüber Gedanken machte, wie es war, ich zu sein. Was würde er für mich tun, was, würde er glauben, machte mich froh?

Ich überlegte lange.

Die Liebe? – Nach allem, was ich davon bisher mitgekriegt hatte, war ich vorsichtig.

Solange ich noch nicht einmal selbst wußte, was mich froh machte, würde ich bleiben müssen.

Zu einem anderen Schluß konnte ich vorerst nicht kommen.

Unten klirrte die Kommodenuhr. Es war eins. Die Pubs hatten jetzt geöffnet. Ich dachte: heute mußt du gut zu dir sein. Ich würde gehen und mir ein Hühnchensandwich genehmigen.

KAPITEL V

In Fairfield war es Zeit, die Weihnachtsdekorationen anzubringen. Mrs. Holroyd gab mir eine akkurat geschriebene Liste und schickte mich mit Eileen und Lorie ins Scottish Warehouse zum Weihnachtseinkauf. Wir bekamen zwei Stunden Ausgang, was für einen Arbeitenden fast soviel ist wie ein Urlaubstag. Innerhalb von zwanzig Minuten hatte ich mit Lories und Eileens Hilfe alles zusammen, was es braucht, um ein mit alten Plüschsofas, einer Standuhr und mehreren surrealistischen Postern aufgemöbeltes Betonwandzimmer weihnachtlich zu garnieren.

Die surrealistischen Poster waren auf den Rat zweier frisch in Cambridge graduierter Psychologiedoktoren aufgehängt worden. Sie sollten den Kindern wohl zeigen, daß es sich nicht lohne, eigene Alpträume zu produzieren. Wenn es nach mir gegangen wäre – ich hätte schon nach flüchtigem Einblick in das rabenschwarze Seelenleben meiner Schutzbefohlenen für »Die Rosen von Yorkshire« oder »Vögel in unserer Landschaft« plädiert. Aber die Psychologen hatten mindestens fünf Jahre hart gearbeitet, um herauszufinden, daß riesige durch die Landschaft laufende Uhren und auf Blumenbeeten abgelegte Dinosauriereier auf die in ihrer Kindheit von den Errungenschaften der Erwachsenenwelt zu Tode geängstigten Fairfield-Insassen positive Auswirkungen hatten. Gott sei Dank waren keine Staubsauger dabei, die in Wandschränken herumfuhrwerkten.

Die kathartische Wirkung dieser Bilder auf die verstockten Fairfield-Kinder war jedoch gleich Null. Eileen behauptete, immer wieder denselben Traum zu haben: sie stünde in der Küche und rühre einen Schokoladenkuchenteig an; ein großer weißer Mann käme zur Tür herein, hielte ein riesiges Dinosaurierei hoch über ihren Kopf und lasse es über ihrer Rührschüssel herabfallen. Sie gerate unter die Schalentrümmer des Eis und habe alle Hände voll zu tun, nicht darunter zu ersticken. »Quatsch«, sagte Eileen, »absoluter Unsinn.« Das letzte, was sie vorm Ohnmächtigwerden höre, sei, man habe jetzt die Rolle des Othello doch lieber einem Weißen gegeben.

Was also sollten die Eier an der Wand? Sollten sich die Fairfield-Kinder in die Eier hineindenken, um dann wieder aus ihnen auszuschlüpfen? Sollten sie die Schalen ihrer Kindheitsangst zertrümmern?

Ich meine, es gibt eine Kunst, die starken Gemütern vorbehalten bleiben sollte, oder es ist eine wirkungslose Kunst. Wir hatten in Fairfield nach Dienstschluß lange darüber diskutiert. Ezra Wood war gegen die Poster gewesen, die damals schon anwesende Mrs. Holroyd dafür, und mir dämmert jetzt auch, warum ihre Kinder Pferdehalfter an der Wand hängen hatten, ohne je ein Pferd bestiegen zu haben.

Ich fragte Lorie und Eileen zaghaft, ob ich sie zum Kaffee einladen dürfe, und sie sagten großmütig ja. Einsam wie ich war, bedeuteten mir die nur wenige Jahre jüngeren Geschlechtsgenossinnen in Fairfield grad' soviel wie die Freundinnen aus der Oberprima. Mehr, wenn es darauf ankam.

Eileen war ungewöhnlich nervös, als wir im alternativen »Teehaus«, wo es wunderbare Vollkornkuchen gab und mindestens zehn Teesorten neben den diversen Kaffeemischungen aus Südamerika, einen leeren Tisch ansteuerten. Sie musterte die Anwesenden – die meisten College-Studentinnen mit bunten Indienkleidern unter dicken, damals modernen Second-Hand-Pelzmänteln – mit feindseligem Blick und böse aufeinandergepreßten Lippen.

»Nutten!« stieß sie hervor, »abgefuckte Scheißnutten!«

»Eileen, bist du verrückt geworden? Los, iß deinen Kuchen und benimm dich! Du kriegst dann auch eine Zigarette.«

»Kühe, die! Doofe, blöde, dumme Kühe!«

»Eileen!! Was haben die dir getan?!«

»Abschaum!«

Ich bekam Angst, sie würde gleich einen ihrer hochdramatischen Auftritte inszenieren, dann würden hier aber die alternativen Teetassen fliegen! Und niemand würde jemals herauskriegen, warum.

»Schmeckt's, Lorie?« versuchte ich abzulenken.

»Schmeckt phantastisch«, sagte sie.

Keine Hand im Raum führte die Kuchengabel mit zierlicher ausgestrecktem kleinen Finger zum Mund. Eigentlich, überlegte ich, war der Unterschied zwischen Lories Aufmachung und der der Studentinnen nicht gar zu groß. Beide Parteien trugen Second-Hand. Lorie eine dunkelbraune Feinstrumpfhose mit heller Laufmasche, einen damals gerade noch modernen, weit über die Knie reichenden grauen Glockenrock und einen lilafarbenen Acrylpullover mit paillettierten Schmetterlingen. Der Unterschied zwischen ihr und denen, die es im Leben zu etwas bringen würden, war der, daß Lorie in ihren besten Tagen mit genau dem gleichen Stil, allerdings neu gekauft, von Woolworth, reüssieren würde, während die anderen, kaum daß sie Geld hatten, nicht wiedererkennbar aus den Londoner Boutiquen kommen würden.

Lorie benahm sich wie eine vollendete Dame. Sie saß steif auf ihrem Stuhl, und der bestimmt sechs Quadratzentimeter umfangreiche Absatzkloben ihres rechten Schuhs wippte gut sichtbar für alle am grazil über das linke Bein gelagerten Fuß.

»Spreiz dich nicht so auf, du Kuh«, fauchte Eileen.

Lorie lächelte niedlich und nippte an ihrem Kaffee.

»Echt toll hier. Kann ich noch einen Kuchen haben?«

»Kannst meinen haben, du Gierschlund, ich kann das Zeug nicht fressen«, sagte Eileen.

»Mit dir kann man sich nirgendwo sehen lassen«, sagte Lorie.

Eileen: »Am Arsch, am Arsch ...«

Eine Studentin sah erschrocken herüber.

Lorie: »Halt den Mund!«

Eileen: »Schlampen hier, Scheißschlampen!«

Lorie: »Halt's Maul!«

Eileen, zu mir gewandt: »Fluppen rüber!«

»Eileen«, setzte ich behutsam an, »was ist denn nur passiert? Gefällt es dir hier nicht? Ich kann euch ja nie mehr mitnehmen, wenn ihr euch so benehmt.«

»Was heißt: ›so benehmt‹?« fragte Lorie.

»Wenn ihr nicht mal anständig euren Kuchen essen könnt.«

Lorie knallte die Gabel auf den Teller, »Fuck!«, stieß ihren Stuhl zurück und rannte hinaus. Ich hatte einen schweren Fehler gemacht.

Ich zahlte schnell und lief ihr mit Eileen hinterher. Lorie stand draußen und heulte. Sie stieß einen Schwall wüster Beschimpfungen gegen mich aus. Es war das erste und einzige Mal, daß ich eines der Fairfield-Kinder heulen sah.

Ich sah ja alles ein, versuchte, ihr gut zuzureden, sagte, ich hätte es nicht soo gemeint, sagte, ich hätte nicht sie gemeint, sagte, ach entschuldige doch Lorie, ich habe gemeint ... also, ich bin halt auch manchmal ... – nichts half.

Wir trabten ziemlich bedrückt mit unserem Weihnachtsschund in der Plastiktüte zurück.

»Lorie«, sagte ich, als wir an der Kathedrale vorbeikamen, »Lorie, ich hab' ganz vergessen, nächste Woche gibt's hier ein Weihnachtskonzert, willst du mitkommen?«

Sie tippte sich an die Stirn.

»Gut, dann die Boomtown Rats im Januar.«

»Okay«, sagte sie gnädig, und damit war mein Vergehen vollauf gesühnt. Ich mußte nun ins Punk-Konzert, ob ich wollte oder nicht.

Wir holten Eileen ein, die wieder guter Dinge war.

»Was war los mit dir?« fragte ich.

»Nichts, was soll los gewesen sein?«

»Na ja, schlechte Laune, oder was?«

»Die war doch nur so schlecht gelaunt, weil sie schwarz ist«, sagte Lorie.

Um ein Haar hätte Eileen sie mit bloßer Hand erschlagen. Lorie konnte gerade eben noch auf die Seite springen. Aber sie sah ein, daß sie das verdient hatte, und so war der Friede wieder leidlich hergestellt. Nur ich war ziemlich ärgerlich über meine schichtenspezifische Dummheit. Was führte ich sie auch in den Kindergarten der weißen englischen Mittelschicht! Wären wir ins Nobelhotel Kuchenessen gegangen, es hätte da wenigstens einen Pförtner gegeben, der farbig war.

Wir dekorierten den Versammlungsraum, und Nigel und Sean durften uns dabei helfen.

Als erstes behängte Eileen die Kunstposter mit Silber- und Goldlametta, was deren surrealistischen Charakter verschärfte. Lorie verteilte grüne Plastikzweige auf den Fensterbrettern. Nigel stand auf einer Leiter, die Sean für ihn halten durfte, und befestigte mit Reißnägeln Tannenbäume, Engel und heilige Nikolause an der Decke. All das sah wahrscheinlich wunderschön aus.

Wir wurden jedenfalls sehr gelobt, als die fünfköpfige Lehrerschaft von Fairfield zur Pause mit ihren Teetassen hereinkam.

KAPITEL VI

Die Woche verlief glimpflich. Donnerstag war ich mit Hans verabredet, der nach London gefahren war, um mal wieder den Wachwechsel zu sehen.

Mittwoch morgen fing ich an, in der Frühstücksstube am Busbahnhof mein Käsesandwich zu verschmähen. Pete saß einen Tisch weiter und hatte, in ein strenges Selbstgespräch vertieft, den Zeigefinger drohend erhoben. Er sprach öfter unerbittlich mit sich selbst, wenn er seinen spendierten Tee trank. Ich nehme an, er versuchte so, für den Rest seiner Tage Mrs. Morton davon abzuhalten, ihm irgendwelche Vorhaltungen über seine Lebensführung zu machen.

Mrs. Morton stand am Wasserboiler und schnitt mit einer Schere schneeweißes, weiches Toastbrot aus der Rinde. Rinde schien eine Beleidigung für jeden, der es zu einem Sandwich gebracht hatte. Man sollte sich diesen Satz lange durch den Kopf gehen lassen und danach die Weltgeschichte neu schreiben.

Wenn Mrs. Morton ihre Brotquadrate fein säuberlich ausgeschnitten und weich auf weich vor sich gestapelt hatte, strich sie Mayonnaise auf, belegte die Scheiben mit Ei, Käse oder Schinken und einem halben Salatblatt und klappte je ein zweites, diesmal mit Butter bestrichenes Brot darüber. Dann schnitt sie die Brotvierecke in hübsche kleine Dreiecke und brachte den Vorrat in den Kühlschrank. Wenn man ihr dabei zusah, hätte man mit ihr tauschen wollen, so flink und akkurat brachte sie Geometrie in die ausufernden Brotlaibe. Es war eine saubere und deshalb sinnvoll erscheinende Tätigkeit.

Ich brachte meine hübschen Käsesandwichdreiecke dennoch nicht runter. So kurz vor einem Treffen mit Hans mußte ich darauf achten, was ich zu mir nahm. Am besten Tee und sonst gar nichts.

Also tat ich etwas Ungehöriges: ich ging zu Pete, entschuldigte mich umständlich bei ihm, ob er nicht mein Sandwich haben wolle? Es sei noch gar nicht angerührt worden. Pete wurde zornrot im Gesicht.

»So weit kommt's noch, wie?!« schrie er. »Ich bin schließlich satt!«

Das war ein Argument, gegen das ich nicht ankam.

»Dann muß ich's liegenlassen«, sagte ich bedauernd, bezahlte und ging hinaus.

Ich hatte schon etliche Pfund durch meine Mr. Elis-Diät verloren. Wenn das so weiterging, würde ich in zwei Wochen aussehen wie Mrs. Morton, die so dürr war, wie es für ein Mitglied einer karitativen Organisation gerade eben noch erlaubt ist. Als ich draußen an der Bretterwand der Bude vorbeiging, fiel mein Blick zufällig durchs Fenster. Ich sah Pete an meinem Tisch stehen und sorgfältig das Käsesandwich in eine Serviette packen.

Auf dem Weg zur Kathedrale fing es an zu schneien, und ich bekam, weil ich noch ein bißchen Zeit hatte, Lust, geradewegs in die Kirche hineinzugehen. Ich lächelte wehmütig, als ich den mir seit meiner Kindheit so vertrauten Kirchengeruch einatmete, und fühlte mich ein bißchen wie zu Hause, obwohl ich, seit ich nach England gekommen war, endgültig, wie ich glaubte, Schluß gemacht hatte mit der Familienreligion. Als ich noch die Füße unter meines Vaters Tisch stellte, ließ sich das nicht so ohne weiteres bewerkstelligen. Gesie, eine meiner Freundinnen, hatte es probiert, indem sie zu Hause verkündete, daß sie nun aus der Kirche auszutreten gedenke. Es folgte eine Karwoche für die ganze Familie. Ihre Mutter lief geschlagene sieben Tage mit einem herben Essiggeruch durch die Gegend, der von einem nächtens auf ihr Herz gelagerten Essigtuch herrührte – ein altes Hausmittel gegen Herzen, die zu brechen drohen –, dann beschloß sie, daß eine Mutter es sich nicht erlauben könne, auch ein bißchen Glück für sich zu fordern. Gesie war schon nahe dran gewesen, einzulenken, so hatte ihr das essigsaure Karfreitagsleid ihrer Mutter zugesetzt. – War es die Sache wert – fragte sie sich –, eine gute Mutter für eine Institution zu opfern? Als Gesie also einen Tag später, um wieder ein bißchen Freude in ihrer Mutter verhärmtes Gesicht zu zaubern, verkündete, sie würde doch vorerst noch drin bleiben, mischte sich ihr Vater voreilig ein: »Du bleibst, wo du bist: draußen. Und sieh nur zu, wie du im Leben zurechtkommst!«

Da saß ich im Betonklotz der Neuen Kathedrale und war nun auch draußen; und holte mein Trost- und Rat-Buch jener Tage aus der Tasche; es hieß »Einführung in den Marxismus-Leninismus«, war von einem gewissen

Franz-Joseph Schleifmann geschrieben worden und nichts weniger als mein Brevier in der neuen Welt. »Wirst noch einmal Genossin!« hatte mir Schorsch, der Mitglied der DKP war, gesagt; mir das Buch bei meiner Abfahrt nach England überreicht und mich überraschend heftig auf den Mund geküßt. Ich hatte mir einen roten Schal gekauft und mich schon mit wehenden Haaren auf der Sparkassenzweigstelle unseres Dorfes stehen und rote Fahnen schwingen sehen, wie es die glühend verehrten Heroen und Heroinnen der sagenumwobenen Vergangenheit getan hatten.

Und so saß ich da, blätterte eine Weile in Schorschs Liebespfand, vertiefte mich schließlich in den Abschnitt »Religion«, bis es Zeit war für Fairfield und die Aufgabe, all die armen Schäfchen dort vorm Absinken auf die allerunterste Stufe des Lumpenproletariats, und also vorm völligen Untauglichwerden für jede Revolution, zu bewahren.

Der Tag verlief friedlich. Nur Nigel legte mir Reißnägel auf den Stuhl, aber das war albern; ich bemerkte es rechtzeitig, niemand fand es komisch, und Nigel mußte selbst gehörig mit dem Lachen loslegen, wenn er sein Gesicht wahren und weiter daran glauben wollte, daß er auf eine originelle Art witzig sei.

Abends ging ich in den Waschsalon; es war hohe Zeit, mein Äußeres auf Vordermann zu bringen. Morgen abend würde mich Hans von Fairfield-House abholen, und da gab es keine Ausreden mehr für die traurig heruntergekommene Erscheinung, die ich in der Vorweihnachtszeit machte.

Hätten mich meine Schulfreunde, die Pastoren-, Anwalts-, Lehrer- und Postbeamtensöhne und -töchter gesehen, ich glaube, sie wären an mir vorbeigelaufen und hätten sich einen ganzen Abend lang gewundert, warum sie auf einmal an jene seltsam unkonturierte Mitschülerin denken mußten: die mit den vagen blauen Augen und der Figur eines Teddybären oder einer Bohnenstange, je nach Seelenlage.

Ich glaube, ich war ein ganz akzeptables Pferd im Stall gewesen. Ganz nett, relativ gehorsam, »keine Vollblutstute«, wie Mario, der Apoll der Klasse, befand, »keine zum Reiten, haha«, aber eine zum Pferdestehlen, wenn es das denn gegeben hätte, daß die akzeptablen Pferde im Stall die anderen stehlen. Furchtbar besonnen in ihren Besinnungsaufsätzen, altklug und verwegen verfaselt, wenn es darum ging, ein für allemal Fragen zu klären wie: »Ist körperliche Unreife ein Zeichen politischer Unreife?« (Antwort: a) teils, teils; b) bei mir nicht) oder: »Wenn man Sie fragen würde: ›Geld oder Glückseligkeit?‹ – was würden Sie wählen?« (Antwort: a) beides; b) teils, teils; c) in alle Ewigkeit). Ich war aschblond, figürlich nicht bestimmbar, immer in weite Pullover gekleidet, kaum je wirklich aufsässig, beliebt bei Lehrern und Mitschülern, was das Taschengeld betraf, arm wie eine katholische Kirchenmaus und fürchterlich ungeschminkt. Ich litt an der Liebe, ohne sie noch wirklich kennengelernt zu haben, und ich litt an der Not der Hungernden in der Welt, ohne mich je zu einer konsequenten Diät durchzuringen oder am kirchlichen Fasten teilzunehmen, und ich litt am Grundübel meines Lebens: ich konnte mich nie für ein Hobby entscheiden. Alle sammelten etwas: Steine, Schmuckstücke, silberne Löffel, Lippenstifte, Bücher, nur ich plagte mich vergeblich mit dem Gedanken herum: wie forme ich aus mir eine Persönlichkeit? – Übrigens eine Frage, die ich in einem Schulaufsatz mit links beantwortete, indem ich der Deutschlehrerin, der alten Frau Dr. Grüneisen, das erzählte, was sie hören wollte: man übernimmt Verantwortung für die ältere Generation. »Sehr reif für Ihr Alter. Note Sehr gut« stand darunter, und ich mußte den Aufsatz vorlesen, und alle bekamen beim Zuhören Angst vor der Zukunft – und vor mir. In Wahrheit wußte ich nicht, ob ich lieber rote oder lieber grüne oder überhaupt noch gerne Gummibärchen aß, für Beethoven oder die Beatles schwärmen wollte, die Kommunisten oder die Christlichen wählen würde, Nutte oder Nonne zu werden gedächte – eine abgenutzte, aber wie ich fand, verlockend alliterative Alternative –, kurz: ob ich mich für Gut oder für Schlecht entscheiden sollte.

Ja, die gute Zeit von damals. Man müßte noch mal siebzehn sein? Nein, vielen Dank. Lieber mit siebzehn aufwachen und vierzigsten Geburtstag feiern müssen.

Aber ich bin aus dem Waschsalon davongerannt in einen wunderbaren Besinnungsaufsatz.

Im Waschsalon lernte ich Mary Doyle kennen.

Mary Doyle war, so will es der Name, Irin. Die Iren sind, so will es das Klischee, die improvisationsbegabtesten Leute Europas. Alle Waschmaschinen waren »Außer Betrieb«, als ich in den Waschsalon kam, und es war Mary Doyles Aufgabe, sie dennoch zu bedienen.

Zunächst einmal mußte sie die Kunden beruhigen. Fünf davon standen da und jammerten sich die Seele aus dem Leib. Ich habe an jenem Abend mehr fürs Leben gelernt als in den letzten drei Jahren vor dem Abitur. Erstens: man läßt sich nicht von offiziell über Waschmaschinen gehängten »Out of Order«-Schildern entmutigen. Man tut das einfach nicht. – Zweitens: man muß sich immer und in jeder Lebenslage zu helfen wissen.

Mary Doyle hatte fünf Kinder und einen arbeitslosen Mann durchzubringen. Mary Doyle wußte sich zu helfen. Sie sagte: »Eine Waschmaschine«, nahm mir dabei das Bündel Wäsche ab, »ist eine Waschmaschine«, nahm das Bündel des neben mir stehenden Herrn, »ist eine Waschmaschine«; bis sie alle die ihr flehentlich entgegengestreckten Bündel eingesammelt hatte. Dann verteilte sie die Häufchen in die einzelnen Maschinen, nahm jetzt erst von jeder das Schild ab, schüttete Waschmittel in die Trommeln, schloß die Türen und ging in den Nebenraum, wo sie an irgendwelchen Schaltern herumdrehte. – Nichts rührte sich. Alle rangen die Hände. Ein Mädchen, dem schon im zarten Alter von höchstens siebzehn das Hausfrauenleben in den Lockenwicklern gähnte, fing an zu jammern, ob in diesem gottverdammten Land überhaupt mal was – außer bei der Queen natürlich – funktioniere? Der ältere Herr schüttelte den Kopf und setzte sich dann niedergeschlagen auf eine der Bänke. »So ist das Leben«, dachte ich altklug. Ich sah mich nackt wie Lady Godiva auf Schusters Rappen zu Hans reiten.

Mary Doyle wartete, bis wir alle auf der Talsohle der Verzweiflung angekommen waren.

»Hm, hm, wollen mal sehen, ob Mary Doyle da noch was tun kann«, sagte Mary Doyle über Mary Doyle.

»Mary Doyle!« riefen wir.

Sie ging zu den Maschinen zurück und versetzte jeder einen Tritt.

Nichts.

»Mary Doyle! Mary Doyle!« feuerten wir sie an.

Sie nahm jede Maschine einzeln an ihren klischeehaft großen Busen, hob sie hoch und ließ sie wieder auf den Boden krachen. Eine, die mit der Wäsche des älteren Herrn, fing an zu rumpeln. Er erhob sich, wuchs um zwanzig Zentimeter und lächelte triumphierend auf uns herab.

»Mary Doyle, bitte!« flehten wir anderen.

Es ging jetzt um mehr als gewaschene Wäsche.

Mary Doyle bekreuzigte sich. In diesem Moment fing die Maschine der siebzehnjährigen Hausfrau, vor der Mary Doyle eben noch gestanden hatte, zu schnurren an. Die junge Frau sang die Nationalhymne und war zweite.

Und dann, noch bevor wir anderen uns als die ewigen Verlierer auf Erden in Grund und Boden geschämt hatten, geschah das Wunder: Mary Doyle marschierte noch einmal die Reihe der Maschinen rauf und runter und drückte irgendwelche Knöpfe. Alle Maschinen sprangen an.

Wir begannen wieder an uns und unsere Chancen zu glauben.

Dank Mary Doyle, die sich nicht von den offiziell verhängten Schildern hatte beirren lassen. Jeder zückte mindestens eine Pfundnote und zwang sie Mary Doyle auf.

»Macht euch lieber wieder dem Papst untertan!« rief sie; sie war dies wohl ihrem Image als Irin schuldig. Aber so dumm war sie nicht, daß sie nicht doch die Scheine eingestrichen hätte.

Mary Doyle wurde, wie man noch sehen wird, zum Rettungsanker, als ich zu sinken drohte. Ihren Trick produzierte sie, trotz einer wachsenden Freundschaft zwischen uns, und obwohl sie wußte, daß ich ihn durchschaut hatte, weiter. Ich habe noch so manche Tasse Tee in Mary Doyles Haus getrunken, die meine im Waschsalon zusätzlich eingesetzten Pfundnoten mehr als wettmachten.

KAPITEL VII

Donnerstag. – Schnee war über Nacht gefallen und hatte die Straßenschluchten zwischen den meterhohen Reklamestellwänden in eine wirkungsvolle matschbraune Kontrastfarbe verwandelt. Angesichts all diesen Drecks blieb den Reklamehelden nichts übrig, als sich gegenseitig die abgefeimtesten Sprüche um die Ohren zu hauen: »Maria in der Weihnachtszeit – ißt Mothers Pride« (jene Brotsorte, der Mrs. Morton mit einer Schere zu Leibe gerückt war) – »Bleiben Sie bei diesem Wetter da, wo es am schönsten ist: hinterm Ofen« (und man sah ein echtes Holzofenfeuer glühen, in dem sich bei näherem Hinsehn selbst die Flammen als aus Plastik gefertigt entpuppten. Der Vorteil bei dieser Erfindung war, daß man das Feuer mit einem hinter dem Gerät befindlichen Stecker auf Hochtouren bringen konnte.) – »Ihre Weihnachtspute ist glücklich, wenn Sie sie mit Maestro stopfen« (»eine delikate Art von Putenfüllung aus dem Hause Maestro«). Die überzeugendste Reklame war die einer Zigarettenfirma, die in kranken gelben Lettern auf lila Grund quer über die Hälfte einer mannshohen Stelltafel die Worte gedruckt hatte: »Unsere Zigaretten schaden definitiv Ihrer Gesundheit«, um dann in Rosarot auf Himmelblau fortzufahren: »... aber sie steigern Ihr Wohlbefinden.« Ich würde unbedingt auf diese Marke umsteigen müssen.

Ich ließ mir Zeit auf meinem Weg zur Frühstücksbude.

Kinder in Schuluniformen, die Jungen mit winzigen, um die Hälse gezogenen Krawatten, die Mädchen mit engen, schwarzen, an die Kniestrumpfbeine gesteckten Kunstlackschuhen, trotteten durch den Matsch ihrem künftigen Leben entgegen. Beim Anblick ihrer nackten Knie fuhr mir das schreckliche Wort von der »Unterleibs- oder Eierstockentzündung« durch den Kopf, mit dem meine Oma die ersten Aufklärungsversuche bei mir unternommen hatte. – Haustüren in allen Farben eines abgeblätterten Regenbogens: potemkinsche Relikte verzweifelt aussichtsloser Individualitätsanstrengungen, wurden geöffnet, Finger tasteten nach den vor den Türen abgestellten Milchflaschen. Ab und zu erschien ein unrasiertes, verschlafenes Männergesicht im Türrahmen und spuckte seinen Nachtgeschmack aufs Pflaster, oder eine mit einem Lockenwicklerstahlhelm bewehrte Hausfrau ging zur Mülltonne, um, ohne sich dabei zuzusehen, die Knochenreste vom Vorabend hineinzuwerfen. – Der »Westindische Gemüseladen« stellte seine Kartoffelsäcke vor die Tür; »Gebrauchtwarenallerlei« seine Eisschränke in den Schnee; die Boutique »Bezaubernde Mrs. John Brown« hatte mit Weihnachtsmännern bedruckte Schürzenkleider in der Auslage.

»Ach, England!« und: »Ich liebe euch alle!« rief es in mir überschwenglich.

Zwei Damen von britannischem Aussehen bogen um die Ecke. Sie trugen, weil das Wetter gar so schlecht war, ihre Hunde auf den Armen spazieren.

Die Engländer sind berühmt für ihre Tierliebe. Ich war einmal auf einem englischen Hundefriedhof gewesen, und dieser Besuch hatte mich ein ganzes Stück hellsichtiger gemacht, was die menschliche Rasse betraf: Da gab es Hunde, die für das bißchen Haufen Staub, das sie zu produzieren imstande waren, für alle Ewigkeit in einer riesigen, trostlos düsteren Grabkammer vor sich hin rotten mußten, bewacht von böse lefzenden Doggen mit englischen Fähnlein in den Pfoten. Andere, vielleicht glücklichere Brüder und Schwestern, hatten es nur zu einem kleinen Blumenrondell gebracht, garniert mit Fleißigen Lieschen und Vergißmeinnichtsträußen. – Am schlimmsten dran waren die Mischlinge, die man in eine versteckte Ecke des Friedhofs abgedrängt hatte. Ein emailliertes Foto zeigte einen kleinen Hund, dessen Rehpinscher-Mutter sich mit einem Mops eingelassen haben mußte. Oder, was wahrscheinlicher war, der Mops hatte sich, ohne die Rehpinscher-Dame zu fragen, einfach über sie hergemacht. Die Mutter hatte es auszutragen. »Livingston« hieß das Tier; sein Kopf schlug den Rumpf, was die Länge betraf, um Haaresbreite. »Wir liebten ihn trotzdem«, war unter das Photobildchen gestochen worden. Livingston sah man seine ganze Dankbarkeit dafür an. – Auch hatte es da mehrere verwilderte, in Vergessenheit geratene Tiergräber gegeben. Ich nehme an, daß es einem einsamen alten Menschen nach der Beerdigung das Herz gebrochen hatte, oder eine ganze Familie war ausgewandert, um noch einmal von vorne zu beginnen.

Ich überlegte, welche Ruhestätte Mr. Elis' Hunde dereinst bergen würde. Mir fiel ein Roman ein, der bei einer Großtante im Regal gestanden und mich in den frühesten Lesetagen meiner Kindheit in tiefste Melancholie gestürzt hatte. Der Roman hieß »Mozarts Begräbnis«.

In der Innenstadt traf ich Mr. Preewell.

»Hallohallo!« rief er mich an. »Sie kommen doch morgen? Meine Frau ist krank, sie kann leider nicht mitfahren. Und wer soll jetzt Tante Harriet Gesellschaft leisten?«

»Ich kann nicht singen«, wehrte ich erschrocken irgend etwas noch nicht gestalthaft Gewordenes, irgendwie Dunkles und Schweres ab.

»Jeder, der sprechen kann, kann doch wohl auch singen! Sie können ihr doch zumindest beim Umblättern behilflich sein, was?! Sie begleitet sich gern selbst am Klavier.«

Mr. Preewell schien verstimmt.

»Wie nett«, murmelte ich, »vielen Dank, Mr. Preewell«, und: »Es tut mir ja so leid.«

Nachdem ich ihm ein paar dieser besänftigenden Redewendungen, die im Englischen weitaus harmonisierender wirken als in der deutschen Übersetzung, vorgesagt hatte, glätteten sich die angelsächsischen Gefühlswogen.

»Viel zu tun dieser Tage, Mr. Preewell?«

Er senkte sein graues Haupt.

»Konferenzen! Konferenzen! Weihnachten, wissen Sie! Bestimmung, was mit der Weihnachtskollekte geschehen soll. Schwere Auseinandersetzungen zwischen Linken,

Liberalen und Rechten. Die Linken wollen das Geld natürlich unter den Streikenden in Liverpool verteilen, damit die unser Land zugrunde richten. Die Liberalen, nun ja, die wollen eine Ausgabe vom ›Christ als Manager‹ finanzieren. Die im guten Sinne Konservativen« – er warf sich verräterisch in die Brust – »haben vorgeschlagen, den nächstjährigen Weihnachtskalender einer Missionsstation in Kalkutta zu übernehmen.«

Ich preßte bedenklich die Lippen aufeinander und machte eine »Hm ... hm ...«-Bewegung mit dem Kopf.

»Na, jedenfalls wird mir das Wochenende in Schottland guttun. Der Mensch muß hin und wieder ausspannen. Wissen Sie, ich werde regelrecht krank, wenn ich nicht mindestens einmal im Monat in meinen schottischen Bergen herumwandern kann. Wir sind so, wir Schotten.«

»Äh ...«, sagte ich »... wandert Ihre Tante denn mit?«

»Tante Harriet?!« Er sah mich entgeistert an.

Ich sagte schnell: »Es tut mir so leid – danke vielmals – wie nett.«

»Tante Harriet? ... – Mitwandern?? Ja, hab' ich Ihnen das nicht erzählt?«

»Neinneinnein.«

»Tante Harriet«, er seufzte sehr, »Tante Harriet ...« Und verstummte. Die Stimme war ihm entzweigegangen.

»Um Gottes willen! Sie ist doch nicht tot? Sie spielt doch Klavier?« rief ich angstvoll.

Er schüttelte den Kopf.

»Ja, sie spielt Klavier, aber ...«, und wieder rutschte ihm der Ton von der Stimme wie ein düsteres Stück Schokoladenbiskuit von der Kuchengabel.

»Reverend, ich bitte Sie, sagen Sie mir die Wahrheit!« bat ich gefaßt.

»Tante Harriet mußte vor einem Jahr ihre Wanderungen einstellen«, sagte der Reverend tonlos. »Und ich sage Ihnen, sie war die größte Wandrerin ihrer Generation. Nie unter fünf Stunden täglich!«

»Oh«, sagte ich sittsam. »Es tut mir so leid.«

»Sie muß sich jetzt auf den Garten beschränken.«

»Darf ich fragen, was Ihre Frau Tante ...?«

»Die Hüfte!«

»Oh«, sagte ich, »mein Gott!«, und von tief innen brach ein trockenes Stöhnen auf und bahnte sich seinen Weg durch die Kehle. Ich würde mit Tante Harriet am Arm durch den Garten spazieren, und sie würde sich trotz ihrer Hüfte stundenlang weder von Schnee, Wind, Hagel noch Regen davon abhalten lassen, sich abzuhärten.

»Ansonsten ist sie sehr gesund?« fragte ich vorsichtig.

»Sehr. Sie hat noch keinen Tag ihres Lebens im Bett verbracht.«

»Wie alt ist Ihre Tante, wenn ich fragen darf?«

Er räusperte sich die Stimme frei für ein bedeutendes Wort: »Dreiundneunzig.«

Ich mußte niesen.

»Es ist kalt. Sie werden sich jetzt Ihrem Tagwerk widmen wollen«, sagte er. »Bis morgen also.«

Er war schon um die Ecke, kam aber noch einmal zurück. »Kommt Ihr äh ... Bruder ... wirklich mit?«

Ich nickte heftig.

»Wie kommt es, daß ... äh ... weder Vater noch Mutter ... traurige Familiengeschichte, das!« – und weg war er.

»Bergsteigen und Autofahren!« rief ich ihm hinterher. Aber er war schon außer Hörweite.

Ich war jetzt ganz schön wütend. »Verdammt, verdammt, verdammt, verdammt!« Ich würde mit Tante Harriet um ein mit Säcken bedecktes Blumenrondell wandern und ihr danach bis in die Nacht hinein die Noten umblättern, und Hans würde von morgens bis abends mit dem Reverend Berge besteigen und nachts todmüde ins Bett fallen. So war das nicht gedacht mit dem gemeinsamen Wochenende.

»Kleriker!« rief ich in die vorweihnachtliche Schneeluft, »Kleriker!«

»Laßt euch niemals mit Klerikern ein!« riet ich Sean, Nigel, Eileen, Lorie und John, als wir in der Küche braunen Zucker in große schwarze Eisenpfannen schütteten, um die Karamelbonbons fürs Weihnachtsdinner zu kochen.

»Nie vorgehabt«, sagte Eileen.

Nigel hatte seinen großen Tag; er war in Höchstform.

»Hitler«, sagte er freundlich, »Hitler, gib mir mal die Butter rüber.«

Ich ignorierte ihn.

»Na komm schon, Hitler.«

»Ich bin nicht Hitler, ich heiß' nicht Hitler, Hitler ist tot.« Es klang mächtig trotzig, wie ich ihm da Bescheid gab.

»Tot? Ooooch. Nimm's nicht so schwer. – Die Butter, Hitler!«

Mit allem konnte ich fertig werden – damit nicht.

»Hör auf, und zwar sofort!«

Nigel lachte. John witterte, daß ich dabei war, die Fassung zu verlieren.

»Nigel, probier's mal mit Nazi.«

»Die Butter, Nazi, die Butter!«

Ich setzte die Eisenpfanne mit Zucker, die ich gerade in der Hand hielt, auf dem Herd ab. Ich hätte sie sonst erhoben und auf seinen Kopf niedersausen lassen. Am Ende wäre ich in so einem Heim gelandet wie meine Untertanen hier. – Was aber tun? Emotionen wie mächtige Wellenberge trieben in mir herum. Sie waren dabei, mich in Stücke zu sprengen. Emotionen in einer Hilfssozialarbeiterin! Emotionen? Aggressionen! Wie geht man mit Aggressionen um? Ich versuchte verzweifelt, mich schnellstens an einen Besinnungsaufsatz zu erinnern, in dem ich das Thema vielleicht schon mal endgültig abgehandelt hatte. Aus weiter Ferne schwammen Begriffe wie »Gummizelle« und »Boxsack« heran. Ich verwarf beide.

»John, sag Hitler, er soll mir die Butter geben.«

Eine tödliche Ruhe war mit einemmal in mir.

Ich gab ihm die Butter.

»John, sag Hitler, er soll mir den Kochlöffel geben.«

Ich gab ihm den Kochlöffel.

»John, sag Hitler, er soll mir die Schüssel geben.«

Ich gab ihm die Schüssel.

Mir wurde angst und bang.

Die anderen waren an die Wand zurückgewichen, wo sie auf den Lehnen der dort abgestellten Stühle saßen. Sie feixten nervös. Etwas Ungewöhnliches und Beängstigendes lag in der Luft.

»John, sag Hitler –«, »Hör auf!« – das war Eileen – »er soll mir eine Tasse geben.«

Ich nahm eine Tasse und ließ sie auf den Steinfußboden fallen.

»John, sag Hitler, er soll die Scherben zusammenkehren.«

John kicherte panisch. Er war ziemlich blaß unter seinen nervösen roten Gesichtsflecken. Ich bewegte mich nicht.

Nigel kam näher. Aus der Nähe sah er aus wie die Plastikversion eines ungewaschenen Rudolf Valentino.

»Den Besen, Nazi, den Besen!«

Ich nahm die Eisenpfanne wieder in die Hand.

»John, sag Hitler, er soll mir die Eisenpfanne geben.«

Ich hob die Eisenpfanne in die Höhe. Brauner Zucker rutschte mir auf den Kopf.

»Nicht!« Das war Sean.

»Die Eisenpfanne, Hitler, die Eisenpfanne!«

Er war jetzt so nahe, daß ich seine Mitesser zählen

konnte. Über seiner Stirn wartete die schwere schwarze Rundung der Eisenpfanne wie ein dämonischer Heiligenschein für besonders ausgekochte Satansbraten.

Du sollst nicht töten hau ihm auf die rechte Backe halt ihm die linke hin mach andere froh mit einem Eisenpfannenkaramelbonbon.

Ich war in der schwersten Situation meines Lebens. Ich stand vor der Entscheidung zwischen Gut und Böse.

»Arschloch«, sagte ich auf deutsch, so leise, daß nur er es hören konnte.

»Fucking German«, flüsterte Nigel.

Wir standen Auge in Auge. Nie mehr habe ich einem Menschen so tief in die Augen gesehen. Es war die denkbar innigste Symbiose. Unwillkürlich schob ich mich noch einige Millimeter weiter vor. Wir hätten uns längst küssen können.

»Sag Nigel«, sagte meine Oma in mir.

»Wie bitte?«

»Du sollst ›Nigel‹ sagen!«

»Nigel.« Sagte ich.

Er schwieg. Sean, Eileen, Lorie, John schwiegen. Das Haus schwieg. Die Straße schwieg. Die Stadt schwieg. Ganz England schwieg.

»Jetzt zieh die Eisenpfanne vorsichtig zurück«, befahl meine Großmutter.

Ich zog die Eisenpfanne vorsichtig zurück.

Und dann flüsterte sie etwas, und ich glaubte, mich verhört zu haben.

Nigel stand noch immer am gleichen Fleck und wartete. Sein Blick war furchtbar angestrengt frech.

»Los, sag's!« drängte meine Oma. Mir schauderte.

»Du bist schon okay«, sagte meine Oma.

Nigel zuckte furchtbar zusammen. Ich auch. Nie im Leben hatte sich meine Großmutter so flapsig ausgedrückt.

»Du bist schon okay, Nigel«, flüsterte ich. »Also hören wir jetzt damit auf.«

»Well ... –«, er strich sich über sein rabenschwarz nach hinten brillantiertes Rudolf Valentino-Haar, »... – well, hfff«, schniefte einmal scharf durch die Nase, »well, well well«, räusperte sich, drehte abrupt ab und stolzierte zur Tür hinaus.

»John du Idiot du Depp!!« schrie ich.

John sank in sich zusammen.

Ich auch.

Eileen, Lorie und Sean kamen von ihrer Hühnerleiter an der Wand herunter.

»Hol ihr den Besen!« befahl Eileen, zu Sean gewandt.

Sean ging in die Abstellkammer und kam mit Schaufel und Handbesen zurück.

Eileen kehrte Zucker und Scherben zusammen.

»Schmeiß das für sie in den Abfalleimer!« sagte sie zu Lorie.

Lorie tat wie geheißen.

Ich setzte mich auf einen Stuhl und fing an, hysterisch zu lachen. Ich lachte, bis mir die Tränen kamen.

Alle waren peinlich berührt.

Eileen machte die Herdplatte an und stellte die Eisenpfanne drauf.

»Los jetzt! Karamelbonbons!« befahl sie barsch.

Im Raum über uns tickerten die Billardkugeln. Rudolf Valentino reagierte sich ab.

Wir aber schafften gerade noch unsere Ration fürs Weihnachtsessen von Fairfield.

KAPITEL VIII

Um vier Uhr war es draußen dunkel wie in einem Sack. Die Kinder wurden nach Hause geschickt, um noch ein bißchen Advent in der Familie feiern zu können.

Lorie würde für ihre sechs Brüder, ihre Mutter und deren augenblicklichen Liebhaber das Abendessen kochen: Chips, Bohnen aus der Dose und gebackene Eier. Dann würde sie den Abwasch erledigen und aus unerfindlichen Gründen eins hinter die Ohren bekommen vom Liebhaber. Er war schließlich jetzt der Herr im Haus.

Sean würde den ›Evening Mirror‹ verkaufen, um neun heimkommen, sich ein Sandwich machen und den Rest des Abends vorm Fernseher verbringen. Irgendwann würde seine Mutter ins Zimmer treten und ihn ins Bett schicken.

John würde erst mal durchgeprügelt werden, weil er am Morgen vergessen hatte, die Milchflaschen hereinzuholen, so daß sein Vater aufstehen und sie sich selbst hatte holen müssen. Dann würde er zur nächsten Schnapsbude geschickt werden, um die allabendlich fällige Ration für seinen Daddy zu holen. Wenn sein Papa mit halbwegs zufriedenen, glasigen Augen im Fernsehsessel versank, würde er leise das Haus verlassen und in den Spielsalon gehen. Dort würde er Nigel treffen.

Nigel würde mit John versuchen, unauffällig einen der Automaten zu knacken, um an Geld für Weihnachtspräsente heranzukommen, die er sich selbst zugedacht hatte. Wenn Nigel gegen Morgen nach Hause kam, würde ihm seine Mutter auf der Treppe entgegenfallen, und sein Vater würde den Riemen holen und sie beide verdreschen. Nigel würde ihm sein ganzes, gerade eben erst sauer verdientes Geld geben, damit er mit der Züchtigung aufhöre. Aber er würde es sich später wieder von ihm holen.

Eileen würde nach Hause gehen und versuchen, den Krieg zwischen ihrer weißen Mutter und ihrem schwarzen Vater zu ignorieren. Sie würde Tee kochen und mit ihrer Mutter eine Zigarette rauchen. Ihre Schwester würde versuchen, die heruntergerutschten Tapeten mit Tesakrepp anzukleben, und ein paar Weihnachtsgirlanden über den Kronleuchter werfen. Nach dem Abendessen würde ihr Vater mit einem Schwall rüdester Ausdrücke das Haus verlassen, ihre Mutter weinend zusammenbrechen. Eileen und ihre Schwester würden ihr und sich mehrere Glas Sherry eingießen und ihr beim Zigarettenrauchen Gesellschaft leisten. Nachts würde Eileen im Bett liegen und darüber nachdenken, wie sie Stan beseitigen konnte, der die Othello-Rolle so gut wie sicher in seine Tasche gebracht hatte.

Um fünf würde Hans kommen und mich abholen. Wir würden unter dem glitzernd bunten Glühbirnenhimmel der Fußgängerzone herumbummeln, und er würde mich in Smith's & Smith's Buchladen führen. Hans würde sich einen Lyrikband aus dem Regal ziehen und ich, um meine Eigenständigkeit zu betonen, Interesse für die psychologische Abteilung vorgeben. Irgendwann würde Hans zu mir herüberkommen, mich auf den, über ein verkehrt herum gehaltenes Buch gebeugten, Nacken küssen und mir einen Vierzeiler ins Ohr flüstern. Ich würde aufstrahlen wie Maria bei der Weihnachtsverkündigung. »Hans?« würde ich sagen. Hans würde mich in den »Peeping Tom« einladen und mir noch viele schöne Dinge erzählen. Wir würden uns beide aufs Wochenende freuen.

Um Viertel vor sechs war Hans noch immer nicht da. Ich saß in der Frühstücksbude, in der wir uns, falls er sich verspäten sollte, verabredet hatten, und wartete. Mrs. Morton packte die nicht verkauften Sandwiches in den Kühlschrank und fing an, die Tische abzuräumen.

»Pete gesehn?« fragte sie.

Ich schüttelte den Kopf. »War er heute morgen nicht da?«

Mrs. Morton würde nach Hause gehen, sich aufs Sofa legen und vor dem Zubettgehen ein Schläfchen halten. Sie würde in der Stille ihrer Zweizimmerwohnung liegen und weniger vorhanden sein als die mühsam zusammengesparte Couch aus Nappaleder, auf der sie, schmächtig wie sie war, lag, wie ein blinder Passagier auf einem Schiff. Gegen neun würde sie hochschrecken, sich eine Dosensuppe anrühren, zerstreut in den Fernsehprogrammen herumschalten, gegen zehn sich die Zähne putzen und ins Bett gehen. Gegen zwei würde sie aufwachen, in ihrem dürftig beteppichten Schlafzimmer herumwandern, das Bild ihres verstorbenen Gatten betrachten, an Pete denken, von einer ächzenden Niedergeschlagenheit befallen werden und sich darob gut zureden. Gegen vier würde sie sich an ihre Christenpflicht erinnern und verzweifelt über ihre ewige Untröstlichkeit einschlafen.

Pete. Was würde Pete machen?

»Haben Sie ihn gestern nach dem Frühstück noch einmal gesehen?« fragte ich.

»Er kam nachmittags, so gegen vier. Sah nicht gut aus. Sah gar nicht gut aus. Die Alkoholprobleme.«

»Vielleicht ist er krank. Wo wohnt er?«

»Schwer rauszukriegen. Ich nehm' an, öfter mal bei den Christian Brothers.«

Sie setzte sich an meinen Tisch.

»Was machen Sie eigentlich in England?« fragte sie.

»Ich? Nichts; ich meine, ich arbeite in Fairfield-House.«

»Fairfield? So. Hm. Fairfield ist ja ein bißchen ins Gerede gekommen. Wird sich wohl gegeben haben inzwischen. Die hatten argen Streit mit der Kathedrale, so schlimm, daß man ihnen beinahe das Geld gestrichen hätte. Irgendwie ist Fairfield finanziell von der Kathedrale abhängig. Und die Leute von der Kathedrale waren sehr dafür, daß man zum Dank das Geistliche nicht ganz vergessen sollte. Ja, es wär' schon recht, wenn man auch ein bißchen an die Seelen der armen jungen Menschen denken würde. Nicht nur ›das Soziale‹, wie es immer heißt. Die jungen Leute von heute haben's schwer, sehr schwer.«

Ich tat einen kühnen Gedankensprung, weil ich gerade an Nigel gedacht hatte, und sagte: »Ich auch.«

»Gott schütze die Königin«, sagte Mrs. Morton.

Sie hatte mir nicht zugehört. Sie war ins Sinnieren gekommen; saß am Tisch, das Kinn in eine Hand gestützt, mit dem Zeigefinger der anderen malte sie undefinierbare Formen auf das graue Resopal der Tischplatte, die unter der kalten elektrischen Beleuchtung einem gefrorenen See glich, auf dem Mrs. Morton mit ihrem Zeigefinger einzubrechen drohte.

»Aber so ganz recht ist es nicht.«

»Was meinen Sie, Mrs. Morton?«

»Die Königin, ich meine, nichts gegen die königliche Familie. Prinz Charles ist ja bekannt für das Soziale in ihm, ich bete nur immer, daß er die richtige Frau findet.«

»Daran dürfte doch bei ihm kein Mangel sein – an Frauen.«

»Tja, er hat es ja auch nicht leicht. Alle wollen ihn haben, nur weil sie ihn haben wollen. Die jungen Dinger heutzutage denken nur an ihre Vorteile. So eine muß sich auch aufopfern können. Der Egoismus!«

»Ich glaube, Mrs. Morton«, sagte ich vorsichtig, »ich glaube, Sie brauchen für ihn nicht zu beten. Er hat seine Protokolle, und die Großmutter paßt auch noch auf ihn auf.«

»England ist ein armes Land. Die Politik! Aber ist es recht?«

Sie stand auf und wischte den Tisch ab.

»Recht ist es nicht. So viele Gelder! Allein die Krone! Alle könnten satt werden. Aber ich will nichts gesagt haben. Sind gute Menschen, die Königlichen.«

Sie wischte noch einmal über die Resopalplatte. Draußen fing es an zu schneien.

»Auf der anderen Seite hat es auch sein Gutes. All die Andenkenverkäufer. Haben auch ihre Familien, die sie ernähren müssen. Schwere Zeiten!«

Sie tupfte einen imaginären Fleck weg.

»All die Wachen! Und die Königinmutter: eine liebe alte Frau. Tut sie wem was zuleide? Nein. Aber angegriffen wird sie. Immer nur angegriffen. Die haben's auch nicht leicht, sag' ich, nicht leicht haben's die. Kostet halt alles Geld. England lebt durch die königliche Familie. Nach dem Krieg, die Deutschen waren nicht nett, nicht sehr nett, wirklich. Will Ihnen ja nicht zu nahe treten, aber es waren schwere Zeiten. Fragen Sie Pete. War jung verheiratet damals. Alles weggebombt: sein Haus, seine Frau. Ein Kreuz! Es muß schon jeder sein Kreuz tragen.« Sie seufzte. »Sein Kreuz, ja ...«, und ging, ganz in Gedanken versunken, zu ihrem Tresen zurück, wo sie die letzten Aufräumarbeiten erledigte.

Die Frühstücksbude schloß abends um sechs. Es gab genug Menschen in dieser Stadt, die sich morgens, mittags und abends von nichts als Frühstück ernährten: von Ei, gebackenen Bohnen, Würstchen, einer kleinen Scheibe Speck.

Ich zahlte. Hans würde nicht mehr kommen.

Ich würde heute früh im Bett liegen. Von sieben bis acht würde ich im »Lyrikschatz des Abendlandes« lesen; zwischen acht und neun in den »Großen Erwartungen« von Dickens; nach neun, wenn die Konzentration schon ein bißchen nachließ, würde ich Hercule Poirots Scharfsinn bewundern; um zehn in die Schuhe steigen und in die völlig heruntergewirtschaftete Toilette gehen; um elf, kurz vor dem Einschlafen, Franz-Joseph Schleifmann zu Rate ziehen.

Morgen abend würde ich mit dem Reverend zu Tante Harriet fahren und wenigstens für ein Wochenende in einer gepflegten Umgebung leben. Es würde regnen, regnen, regnen, und ich würde mich, Tante Harriet am Arm, endlich einmal abhärten. Aber ausschlafen würde ich können, lange und verloren ausschlafen, und ein eßbares Frühstück würde es geben, und glänzende Mistelzweige würden auf dem Frühstückstisch liegen, und wir würden singen singen singen, und Hans konnte ich mir abschminken, aber das Feuer im Kamin würde wenigstens flackern, und nachts, wenn ich aus dem Fenster sah, würde der Mond sein helles Gelächter über die Hügel ausschütten ... irgendwo mußte es eine bessere Welt geben.

Ein völlig danebengegangener Tag. Ein Tag zum Ausknipsen.

Es war eine großartige Hoffnungslosigkeit in mir, die niemanden ernsthaft interessieren konnte. Die Leute hatten genug mit ihren eigenen nassen Füßen zu tun. Selbst die Schaufensterpuppen, die in Abendkleidern und Smokings dabei waren, entsetzliche Geschenke auszupacken: Gartenscheren, Rührgeräte, Küchenmesser, Brennstäbe und Stahllockenwickler – selbst sie glaubten nicht wirklich an Weihnachten. Niemand glaubte mehr an Weihnachten. »Weihnachten« und seine englische Variante »Christmas« lösten ein trostloses Tohuwabohu in den Köpfen der Leute aus. Ich hatte nicht einmal Lust, es in meinem eigenen auseinanderzudividieren. Alles was ich in meiner schlechtgelaunten Phantasie zu greifen bekam, war das Bild, das ich auf einer Postkarte am Bahnhof gesehen hatte: ein Weihnachtsmann auf seinem Rentierschlitten, der in Badehosen durch die hochsommerliche Stadtwüste von Florida fuhr. Auf seinen derben nackten Knien saß das Christkind im Bikini, eine Dame, die sich durch hüftlange Kringellocken, eine überdimensionale Oberweite und einen formidablen Heiligenschein auszeichnete und die eine Banane aß. Ich war so versunken in dieses Bild, daß ich längst an der Kathedrale vorbei war, als ich wieder an Hans dachte. Ob ihn beim Wachwechsel vor dem Buckingham-Palast ein Pferd getreten hatte, ha! ha!–?

Die Hans Heiers dieser Welt sind anderen Frauen vorbehalten, notierte ich bitter. Schöneren, klügeren Frauen als dir. Frauen, die nicht so ungeschminkt durch die Welt ziehn. Frauen, deren Fingernägel farblich zu den Schuhen passen. Frauen, die große Hüte tragen. Frauen, denen nicht schlecht wird, wenn sie verliebt sind. Frauen, die Ausgefuchsteres im Kopf haben, als sich ins »Soziale« zu stürzen. Sinnvollen, selbstgewissen Frauen. Anderen Frauen!

Als ich aus der Fußgängerzone hinaus war und mir meinen Weg durch die verschlammte Goodwillstraße bahnte, die vor Nässe im verzitterten Licht blasser Straßenlampen schlotterte, kam ich an einem Haus vorbei, dessen Fenster größtenteils in die Brüche gegangen waren. Der kleine Vorgarten war verwildert und mit Abfällen übersät. Löcher aus nackter Erde hatte schon der Herbstwind ins Unkraut gehobelt. Jetzt hatte der Himmel noch ein bißchen Schnee darauf gespuckt. Die Zierde unter den Papieren, die die Passanten über den Zaun geschmissen hatten, war die Goldpapierschablone eines längst gegessenen Schokoladenweihnachtsmanns. Sie lag in einer schneebestäubten Mulde, glänzte als das Überbleibsel eines von einem Schokoladefabrikanten durch den Kakao gezogenen Kinderglaubens. Wahrscheinlich hatten sie einen nicht mehr absetzbaren kontinentalen Osterhasen mit einer englischen Weihnachtsmann-Papierschablone aufgemöbelt. Die langen, hochgestellten Löffel des Osterhasen waren zur Nikolausmütze geworden. Das Kind hatte den Betrug mit Sicherheit nicht bemerkt.

In einem der Fenster des Hauses, hinter einer zur Hälfte durch Pappe ersetzten Scheibe, hing eine nackte Glühbirne. Sie funzelte in einem armseligen Sterbelicht vor sich hin.

Als ich weitergehen wollte, hörte ich den Schrei einer Katze. Oder war es ein Mensch gewesen, der da schrie? Es klang, wie eine Katze klingen muß, wenn man sie bei lebendigem Leib in Stücke reißt. Ich wollte mir schnell einreden, daß dieser Schrei in Wahrheit ein Liebesschrei war, ja, es war gewiß eine dieser turbulenten Balzszenen, die dort drinnen stattfand. Betroffenheit? Bloß nicht! So weit kam es noch, daß ich jetzt sogar den Jargon-Gefühlen auf den Leim ging! So weit kam es noch, daß ich mich von falschen Katzen neppen ließ! Ganz bestimmt saß dort drinnen eine Kätzin, die vor Liebeshunger umkam. Weitergehn!

Und ich ging weiter. Ich habe genug Katzen in meinem Leben gehört, redete ich mir ein, um unterscheiden zu können zwischen Lust und Leid. Also drum: Haltung! Contenance! Distanz! – und morgen würde ich einen anderen Weg, den durch die besseren Bezirke, gehen. Betroffenheit war als Wort passé. Folglich hatte man sich das Leben so zu richten, daß mit dem Wort auch das Gefühl abdanken konnte.

Die Kälte kroch mir durch die nassen Schuhe in die Beine und von dort weiter in den Unterleib, in die Brust, in den Hals, in den Kopf. Ich hatte einiges falsch gemacht, wenn ich jetzt, nach einem Tag harter Sozialbetroffenheit, nichts Besseres zu tun wußte, als in ein kleines, kaltes Schlafzimmer zu gehen, wo Hunde- und Katzenhaare über den ausgetretenen Teppich und den verschlissenen roten Sessel verstreut waren, wo die Tapeten in gefährlichen Wellen an der Wand hingen, so schwer rot-blau gemustert, daß ich jeden Abend von neuem befürchtete, sie würden des Nachts herabfallen und mich im Schlaf erschlagen. Wenigstens war der Raum, bei schwacher elektrischer Beleuchtung besehen, halbwegs aufgeräumt, will heißen, es lagen nicht unbedingt Dinge herum, die nicht in ein Schlafzimmer gehörten. – Bei Tageslicht hätte ich nicht nachsehen wollen.

Es gab in Mr. Elis' Haus nur einen Raum, in dem keine Hunde- und Katzenhaare zu finden waren, und das war die Toilette. Dieser Ort war so heruntergekommen, daß sich nicht einmal die Tiere darin aufhalten wollten. Einer meiner wiederkehrenden Alpträume war, daß ich eines Tages ein Haar vom fast haarlosen Schoßhund Pepper auf meiner Zahnbürste finden würde.

Wie konnte ich nur in eine so scheußliche Lage geraten sein! Wie um alles in der Welt konnte ich, jung wie ich war, in einem solchen Dasein dahinvegetieren! Seit vier Monaten schon hauste ich nun bei Mr. Elis, und ich hätte mir dafür am liebsten den Glücksunfähigkeitsorden verliehen, wenn es einen solchen gäbe, oder das Masochismusband ans Revers gehängt.

Warum zog ich nicht einfach aus? Nun ja, ich hatte so gut wie kein Geld. Aber auch mit dem wenigen, was ich besaß, hätte ich eine Veränderung herbeiführen können. Was war es also? Hielt mich etwas bei Mr. Elis? – Als ich so, hängenden Kopfes, durch den Straßendreck schnürte, wußte ich noch nicht, was; da log ich mir noch in die eigene Tasche. Nie hätte ich mir da eingestanden, was ich einige Kapitel später einsehen mußte: ich hatte ein Motiv, bei Mr. Elis zu bleiben, ein trauriges, armes, kleines Motiv. Mein gutes Herz war es jedenfalls nicht.

Und so schimpfte ich auf dem Weg in mein trostloses Zuhause weiter mit mir selbst.

In deinem Alter, sagte ich zu mir, in deinem Alter, da hast du in heiteren, hellen Räumen zu wohnen in einem Haus voll jugendlichen Gelächters. Du hast mit Gleichaltrigen, am besten in einer Wohngemeinschaft, zu leben, einen oder mehrere Männer hast du zu haben, und abends hast du mit deiner Peergroup ins Pub zu gehen. Du hast dir eine Bombenzeit zu machen! Du hast Spaß am Leben zu haben! Du hast frisch! und frech! und fröhlich! zu sein, denn du bist jung! Jung!!

Alles wurde einem von den Alten vergeben, wenn man jung war. Mit Tränen in den Augen erinnerten sie sich ihrer eigenen Streiche, ganz tief hinab in die rosaroten Erinnerungswelten, die sie um das Wort »Jugend« gruppiert hatten, stiegen sie und fanden dort nichts als Glück, Frohsinn und Zuversicht, obwohl sie in den Bombenkellern gesessen und um ihr Leben gebangt hatten. Das Verdikt, das sie, wohl aus Rache, über die nächste Generation verhängten, war der Satz: »Du bist ja so jung!«

Da hatte man die Bescherung. Jetzt galt es übermütig zu sein, sich durchzuboxen, rechts und links die weniger Kecken hinsinken zu sehen und alles in einem fabelhaften Triumphzug besser zu machen als die Alten. Um nichts weniger ging es, als ihnen noch vor dem Tode weiszumachen, daß das Leben doch eine spaßige Angelegenheit sei und daß es also nur richtig gewesen war, sich mit ihm herumgeschlagen zu haben. Das Glück hatte halt nicht auf jeden fallen können. Aber schön war's doch gewesen, damals, in der Jugend, so wie es »doch auch schön« gewesen war, bei Mr. Elis gehaust und sich mit den Fairfield-Faxen herumgeschlagen zu haben. Auch in einen unerreichbaren Mann verliebt gewesen zu sein – schön war's! Die schönste Zeit meines Lebens! Damals war ich noch wagemutig gewesen. Kurz darauf schon hatte ich mich in Sicherheit gebracht und in die Literatur gerettet, angeblich, weil sie »vom Leben handelte«, in Wahrheit, weil man in einem warmen Zimmer auf einem soliden Stuhl sitzen konnte, während sich die Figuren des Buches mit dem Leben herumschlagen mußten.

Und so, nach Jahren der auf diese Art und Weise erweiterten Lebenserfahrung, findet man sich eines Morgens im Bett liegen, zählt nach und ist jenseits der 30, fühlt sich unausgeschlafen, müde von irgendwelchen Lebensersatzwassern, die man am Vorabend getrunken hat, und guckt ziemlich sprachlos aus der Wäsche, weil einem zu sich selbst nichts mehr einfällt; weil sich seit Jahren nichts mehr geändert hat in den eigenen vier Wänden, auch wenn man noch so viele Menschen wie Puppen auf einer Bühne an sich hat vorbeiziehen lassen. Und dann liegt man bei geschlossenen Gardinen da, blinzelt in eine aufleuchtende Vergangenheit zurück, riecht mit einemmal die Hunde- und Katzen- und Frühstücksausdünstungen in Mr. Elis' Haus oder die Karamelbonbons von Fairfield, und dann, ja dann ... dann sagt man zum ersten Mal den Satz, der wie eine traurig bimmelnde Glocke das Alter einläutet: ... Ja, damals ...

Es war eine lange, schlaflose Nacht, die ich durchzustehen hatte, und diesmal dachte ich wirklich nach.

KAPITEL IX

Nach Schottland!

Hans stand um vier Uhr mit Rucksack und Wanderschuhen vor Fairfield und pfiff seine Erkennungsmelodie: das zweite Thema des ersten Satzes aus Schuberts Streichquartett »Der Tod und das Mädchen«. Ich wußte sofort: Nur er konnte es sein. Wie oft, wenn wir uns trafen, hatte er dieses bittersüße Thema geistesabwesend vor sich hingepfiffen und mich dabei von oben bis unten mit einer Unverhohlenheit gemustert, als schaute ich gerade weg. Ich habe nie ganz herauszubringen vermocht, was bei seinen Abwägungen unterm Strich eigentlich herauskam. Hans pfiff fetzchenweise, durch die Zähne, seine Lippen klafften dabei seltsam weit auseinander. Hätte ich nicht alles an ihm erschütternd schön gefunden, ich hätte wohl wirklich lieber weggesehen. Hans hatte, wenn er pfiff, etwas lautlos Wieherndes an sich.

Ich tat, als hätte ich ihn nicht gehört.

Die Kinder zogen sich gerade zum Heimgehen an.

»Draußen steht ein Nazi und wartet auf dich!« sagte Nigel.

»Woher weißt du, daß er ein Nazi ist?« fragte ich, zu überrumpelt, um die Begriffe erst mal zu klären.

»In ›Jawoll, Herr General‹ sehen sie so aus.«

Alle rannten zum Fenster.

Ich lief schnell auf die Toilette und war so konfus, daß

ich mir allen Ernstes überlegte, ob ich mein blondes Haar nicht besser zu Zöpfen flechten sollte. Aber mein Plan stand fest. Ich atmete tief durch.

Aus dem Versammlungsraum drang ein Gelächter, so furchtbar, daß es mich bis unter die Haarwurzeln erblassen machte. Wenn die Fairfieldleute lachten, klang es, als ob die Stürme aller Höllen losbrachen. Es war schlicht und ergreifend zum Fürchten.

Ich ging nicht noch einmal hinein, verabschiedete mich von Mrs. Holroyd, nahm mein im Abstellraum verstecktes Handgepäck mit Regencape, Laufschuhen und ein paar Waschutensilien und marschierte durch die Haustür, wobei ich sie absichtlich laut auf- und zuklappen ließ. Draußen schielte ich zurück. Richtig: ihre lieben Gesichter waren bis zur Unkenntlichkeit entstellt an die Fensterscheibe gepreßt. Sie mußten sich sehr anstrengen, um etwas zu sehen, denn wo ich stand, war es stockdunkel.

Sicherheitshalber machte ich die Wandertaschenlampe an, die ich in der Außenlasche meiner Reisetasche stecken hatte, und bahnte mir mit ihrer Hilfe den Weg zu Hans auf der gegenüberliegenden Straßenseite.

Als ich vor ihm stand, setzte ich die Tasche ab, sagte »Hallo, da bist ja du!« und küßte ihn lange, fest und unerbittlich.

Er preßte die Lippen aufeinander, als sei ich eine Spionin, die ihm den Todeskuß zu verabreichen gedachte, indem sie ihm unversehens ein Pfefferminzbonbon in den

Mund schieben würde, dessen Kern aus einer Giftkapsel bestand. »Los, mach mit!« preßte ich beim Atemholen zwischen der ersten und der zweiten Hälfte des Kusses hervor, aber er blieb stur wie ein Maulesel.

Nach fünf Minuten ließ ich von ihm ab. Er sah aus, als wolle er gleich anfangen zu weinen. Ich hatte ihn um das Vorrecht des ersten Kusses gebracht.

Ich zog ihn mit mir fort, nicht ohne dabei vorsichtig unter meiner Kapuze hervor zum Fenster zurückzuschielen. Sieben Gesichter, sprachlos wie Pfannkuchen, starrten auf ihr kleines dummes blondes Lämmchen. Eileen hob, als ich den Kopf noch einmal zurückdrehte, zaghaft eine Hand und winkte verstohlen.

»Wo warst du gestern?« fauchte ich, und ich glaube, ich machte dem Sprechton alter Kriegsfilme alle Ehre.

Hans zuckte zusammen.

»Wo du warst?!«

»Ich hab' den Zug verpaßt. Ich bin erst um eins zurückgekommen und stand noch lange unter deinem Fenster. Ich stand da, und ich habe an dich gedacht.«

Ich glaubte ihm die Geschichte sofort und war gerührt. Das war ein Fehler. Jetzt hatte er wieder die Oberhand.

Sein roter Bart begann bei der Erinnerung an die eben erlittene Schande zu zittern.

»Was für ein Theater war das mit dem Küssen?«

»Sehnsucht!« sagte ich. »Die längst fällige Liebeserklärung.«

Er schwieg bestürzt; schob beide Hände tief in die

Taschen seines Wanderanoraks und kräuselte die Stirn, als gäbe es dahinter Gegenstimmen.

»Einwände?«

»Du ... du ... du hast ja Haare auf den Zähnen!«

Ich erschauderte. Durchhalten! Ich hatte nicht umsonst eine Nacht lang wach gelegen und nachgedacht.

»Das«, sagte ich, »waren welche von deinem Bart. Müssen beim Küssen dazwischengerutscht sein. – Ach, wird das schön! Wir werden Tante Harriet einen Schlaftrunk geben und den Reverend in sein Zimmer einsperren ... oh Hans, und dann ... und dann ...«

Er schwieg verstimmt. Irgend etwas paßte ihm nicht. Demonstrativ nahm er die Hände aus den Taschen und drehte an seinem Ehering.

»Zieh ihn ab!« befahl ich.

Eh' ich mich's versah, steckten sie ihm wieder in den Taschen – als hätte ich ihn gefragt, ob seine Fingernägel sauber wären.

»Ich habe Vorsorge getroffen«, sagte ich.

Er schnupfte beleidigt.

»Das wird was, du!« Ich schob den Arm unter seinen Mantel und um seine Taille.

»Agch ...«, ächzte er. Ekelte er sich vor mir?

»Ich war in der Wäscherei. Keine Hunde-, keine Katzenhaare.« Ich schnurrte.

»Was wird der Reverend dazu sagen?« fragte er lahm.

»Der Reverend war auch mal jünger.«

»Aber wir nutzen seine Gastfreundschaft aus.«

»Wir nutzen sie, ja.«

»Und die alte Dame?«

»Wird tagsüber abgehärtet. Schläft nachts wie ein schottischer Strohsack.«

»Was ist los mit dir? Man erkennt dich ja kaum wieder.«

»Aber ich bin's doch, ich, erinnerst du dich nicht mehr? Du hast meine Hand gehalten!«

»Ja. Damals.«

»Dummchen«, wisperte ich und packte ihm eine Hand wieder aus der Tasche aus. »Glaubst du, ich bin eine von denen? Ich habe dich noch nicht vergessen. Ich bin treu.«

Er erschrak sichtlich.

»Zu dumm, da fällt mir ein, ich hab' meinen Regenschirm nicht dabei. Ich geh' besser noch mal und –«

»– Reverend!« rief ich. »Wir sind da!« Der Reverend kam gerade aus der Sakristei heraus.

»Ah, da seid ihr. Hallo, hallo, hallo! Wetterbericht gesehen?«

»Sonnenschein«, log ich.

»Na dann mal gleich ins Auto. Äh, also, junge Frau, wie gesagt, hm, meine Frau ist krank. Ich meine damit, daß sie nicht mitkommt. Ich meine, äh, es macht Ihnen doch nichts aus, alleine, so ganz ...« Sein durchblutetes Gesicht faltete sich mit Hilfe einer Nasenwurzellinie ins Sorgenvolle.

»Was meinen Sie damit, Reverend?«

»Ich meine, so ganz alleine jetzt.«

»Alleine ist der Mensch, wenn die Stunde naht. Gibt es einen Gott, oder gibt es keinen?«

»Es gibt einen!« rief der Reverend entrüstet.

»Meine Mutter kam beim Bergsteigen um, die seine –«

»– das stimmt nicht!« mischte sich Hans ein. Er witterte eine Chance.

»Dann war es umgekehrt.«

»Wir haben nichts gemeinsam. Wir sind allerhöchstens Stiefgeschwister. Und jetzt, wo Ihre Frau nicht mitkommt ...« Er wußte nicht mehr weiter.

Mr. Preewell rückte die Stimme hin und her, bevor er entschied:

»Jugend! – Steigen Sie ein! Beide nach hinten. Ich brauch' meinen Kassettenrecorder vorne.«

Ich stieg ein und zog Hans ins Auto, neben mich. »Nur herein mit dir!« rief ich.

Es ging ihm arg nahe. Er bedeckte sein Gesicht mit beiden Händen.

Der Reverend fuhr wie der Teufel? So etwas gibt's nur in Gedichten. Ich habe nie einen schleichenderen Autofahrer gesehen. Als wir endlich auf der Autobahn nach Norden waren und wegen der vorgerückten Stunde freie Fahrt hatten, reihte er sich ganz links ein und blieb da. Tauchte hinter uns in der Ferne ein Licht auf, wechselte er sofort auf die Kriechspur. »Voran! Voran! Die Englischen werden noch bluten!« sang es aus dem Kassettenrecorder, und der Reverend summte gut gelaunt mit. Dann kam ein

Liebeslied an Maria Stuart. Mehrere »Farewell«- und mehrere »Bonnie«-Lieder folgten. Als wir die Hälfte der Strecke hinter uns hatten, waren wir mit allen Kassetten durch. Er langte in die Tasche seines auffällig schottisch gemusterten Jacketts.

»Und jetzt etwas ganz Besonderes: Live-Aufnahmen der ›Lieder vom Tod und Verfall‹. – Es singen Harriet Preewell-Sitworth und Mrs. Preewell, meine Frau.«

»Oh mein Gott!« – Das war Hans. Er fing an, alle seine Sünden zu bereuen.

Und dann zitterten zwei dünne Stimmchen mit Tod und Verfall um die Wette, und es war doch nur der Reverend, der sie mit seinem kräftigen Bariton erschlug.

Ich gebe hier die deutsche Übersetzung eines der Texte wieder. Es mag genügen, um eine kleine Ahnung davon zu übermitteln, in welche Bangnis Hans und mich die Lieder auf der regendunklen, leeren Autobahn versetzen mußten.

In der Rose deines Leibes
bleckt der Tod die hellen Lippen
lach mir in die Augen Kleines
gib mir deines Leibs Entzücken

Sind wir allebeid' im Grabe
wird der Würmer emsig Hecheln
dir die Süße aus den Rosen
mir die Kraft vom Stengel brechen

Was blieb mir übrig, als ganz nahe an Hans heranzurükken; er schien es nach diesem Lied auch zu dulden.

»Oh Hans, Hans, der Tod ist ein grausiger Geselle. Heute ist nicht gestern und morgen nicht heute und eines Leibs Verfall.«

Er legte mir die Hand auf den Arm.

»Hans, Hans«, barmte ich weiter. »Wie schnell ach wie schnell kommt die stille Zeit, da ruhest du auch.«

Er beugte sich zu mir nieder. Der Reverend sang; Hans wisperte:

»Laß guter Gott mich doch nicht auf dem Laufplatz gleiten.«

Es kitzelte mir im Ohr.

»Der schnelle Tag ist hin, die Nacht zieht ihre Bahn«, nickte ich.

Dann wurde es ernst.

Hans strich sich einmal kurz durch den Bart, richtete sich auf und begann, ohne Rücksicht auf den Reverend, der weiter vor sich hin sang, zu rezitieren.

Er rezitierte alle fünfzig Kirchhofs-Gedanken des Andreas Gryphius und nickte beim Sprechen bestätigend vor sich hin.

Als Hans, und vor ihm die Kassette, zu Ende war, schwiegen wir; schlichen durch die Dunkelheit, als näherten wir uns dem Grabe und versuchten Zeit zu schinden.

Aber irgendwann kommt jeder mal an: Wir verließen die Autobahn und fuhren etwa eine halbe Stunde auf einem mondhell sich zwischen Seen und kargem Hügelland hinschlängelnden Pfad. Dann tat sich ein dunkles Tor auf. Wir steuerten hindurch und – ich schrie auf – beinahe in ein altes, viktorianisch anmutendes Grabmal hinein, vor dessen Pforten ein Engel mit Flammenschwert wachte. »Ihr Vater«, sagte Mr. Preewell trocken, bog um die Ecke und hielt endlich auf einem Kiesplatz vor den hohen Stufen eines alten herrenhausähnlichen Gebäudes.

Der Reverend war heiterer denn je. Er rieb sich die Hände.

»Wunderbare Fahrt, was? Keinerlei Gegenverkehr. Und jetzt werdet ihr sie gleich zu Gesicht bekommen. – Tante Harriet!« rief er und stieg aus dem Auto aus, »Tante Harriet!«

Er sah zu den dunklen Fenstern hoch, und heimlich, als gestünde er uns eine seiner größten Schurkereien, raunte er uns zu: »Ich bin nämlich ihr Lieblingsneffe.«

»Tante Harriet! Ich bin's! Johnny!«

Mußte er aber auch unbedingt Johnny heißen!

Im Haus blieb es still. Die großen, mit Kreuzen unterteilten Fenster schienen von innen mit schwarzen Tüchern verhängt. Eben trat der Mond um die Ecke. Und ich schwöre, ich sah ein mit Säcken bedecktes Rosenrondell. »Hans!« bebte ich. »Hans!«

»Ist ja gut, Mädchen.«

Er war wieder guter Dinge.

»Küß mich nie mehr so wie heute abend, hörst du?!« sagte er streng, ließ sich aber doch vom Blick meiner mondbeschienenen Augen erweichen.

»Hans, ich hab' Angst.«

Er legte mir zärtlich seinen Arm um die Schultern.

»... solche Angst –«

Er drückte mich wohlwollend an sich.

»... oh solche Angst.«

Er küßte mich entzückt auf die Stirn.

Ich war enttäuscht. Ich hatte erwartet, ihn durch mein gekonnt weibliches Rollenverhalten zu mehr als nur einem Kuß auf die Stirn hinreißen zu können. Aber ich tat, als sei ich zufrieden mit diesem Ausmaß an Leidenschaft.

Der Reverend, der vor dem Portal, auf der obersten Treppenstufe stand, drehte sich um.

»Chmm ...«, räusperte er sich. »Sie wird doch nicht verstorben sein?«

»Oh, nicht doch, Mr. Preewell! – Tante Harriet? Sie hat doch noch keinen Tag ihres Lebens im Bett verbracht!« rief ich erschrocken.

Und jetzt fielen auch Hans und ich mit ein, und wir sangen im Chor zu den schwarzen Fenstern hoch:

»Tan – te – Harr – i – ett!!«

Endlich ging oben ein Licht an.

»Tante Harriet, wir sind's!«

(Ich bin dabei, in eine Farce zu geraten, dachte ich, und kann jetzt nicht mehr zurück.)

Ein Fenster wurde geöffnet und ein mondgroßer Nachttopf herausgehalten.

»Gesindel! Packt euch davon, oder ich kipp' ihn aus!«

»Harriet! Tante! Ich bin's! Johnny!«

»Das sagen sie alle.« Der Topf kippte gefährlich.

»Tante Harriet, der Reverend steht hier. Dein Reverend!«

Ein dickleibiges »Ooooh« fiel von oben auf uns herab. Dann kam es, unvermeidlich: »Warum hast du das nicht gleich gesagt?«

»Sie hört nicht mehr recht«, flüsterte der Reverend.

»Hör auf, mich bei den jungen Leuten schlechtzumachen! Kommt rein, der Schlüssel liegt unterm Fußabstreifer.«

Der Reverend bückte sich mit einem »Na-da-seht-ihr-wie-gut-ich-mit-ihr-stehe«-Blick und zog einen alten, ziemlich rostigen Schlüssel unter dem Fußabstreifer hervor. Die Tür, als er den Schlüssel hineinsteckte und umdrehte, ächzte im Schloß. Ich sah auf die Uhr, und im gleichen Moment schlug irgendwo im Haus das Werk einer mit Sicherheit großen und schweren alten Standuhr zwölfmal ...

Bei Schlag drei waren wir drinnen. Der Reverend knipste ein Licht an. Fast hätte ich wieder aufgeschrien: ich war so gestanden, daß mein Blick direkt auf ein überlebensgroßes, dunkles Ölgemälde fiel, auf dem General Wellington starb. Es schien, als widersetze er sich heftig seiner patriotischen Sterbepflicht. Pferde wieherten, will heißen, das Bild war so eindrücklich gemalt, daß man, wenn man vor ihm stand, nicht mehr wußte, ob man es sah, hörte oder gar vor lauter Blut, das über die Leinwand verspritzt war, roch. Im Hintergrund stürzte ein Palast ein und machte jedenfalls einen ohrenbetäubenden Lärm. Die ihn umgeben hatten, waren dabei, alle Etikette zu vergessen und in alle Himmelsrichtungen davonzustieben.

Ich sah mich um und fand mich in einem spärlich erhellten langen, feuchten Flur, an dessen Wänden riesige Kupferstiche, Ölgemälde und Aquarelle hingen. Wenn sie sich auch in der Maltechnik heftig voneinander unterschieden, hatten sie doch das angeblich Wesentliche, den Inhalt, gemeinsam: überall starben Heroen.

»Hat sie teilweise selbst gemacht«, erläuterte der Reverend, als er meinen staunenden Blick bemerkte.

Ich befand mich in einem Panoptikum der Sterbensarten und deren je verschiedenen Auswirkungen auf die menschliche Physiognomie. – Hier war Maria Stuarts erleuchtetes Gesicht im Augenblick des herabsausenden Beils festgehalten worden; dort sah man einen gefaßten Ausdruck mit Marie Antoinettes Kopf davonrollen. Der grimme Cromwell lachte zynisch; weil er im Bett lag, wähnte er wohl, vor dem an seine Schlafzimmertür pochenden Tod sicher zu sein. Sir Walter Raleighs Gesicht war eine ziemliche Zote, als man ihn ins Gefängnis führte. Napoleon sah aus, als bereue er, daß er sein ganzes Leben lang zu wenig geschlafen hatte. Caesars Blick war zum Steinerweichen enttäuscht. Ein Medici mit grünen Schläfen kotzte in den Arno hinab. Ein sehr englisch aussehender Gentleman, den Tante Harriet offensichtlich nicht leiden konnte, hing an einem dürren Ast, und die Zunge ragte ihm täppisch weit aus dem Halse heraus. – Am besten gefiel mir Maria Stuart, und ich kehrte wieder zu ihr zurück. Sie war die einzige, die wenigstens vorgab zu wissen, warum sie starb: sie blickte verklärt zu einem wolkenkarierten Himmel auf, als das Beil herabsauste. Der Maler (war es Tante Harriet gewesen?) hatte ihr extra die schwarze Binde abgenommen, um die luziden Augen einer Schottin im Augenblick des Todes zu zeigen.

Hans und der Reverend waren aus dem düsteren Steinplattenflur in ein Zimmer getreten, das gleich nach der Eingangstür links ab führte und offensichtlich der Salon war. Als ich jetzt nachkam, standen sie an einem erkalteten Kaminfeuer und hatten jeder ein großes Glas feuerfarbenen Whisky in der Hand. Hans mit seinen roten Haaren paßte vorzüglich ins Bild. »Slaínte!« rief Hans und sah angeregt über mich hinweg. (Ich bin mitten in einer Farce und kann jetzt nicht mehr zurück, dachte ich.) Hinter mir war Tante Harriet ins Zimmer getreten.

Sie sah aus, als hätte sie sich den ganzen Abend lang eine Strafpredigt ausgedacht. In der Hand hielt sie eine Kerze, deren Flackern die tausend Falten ihres Gesichtes von unten modellierte. Sie trug ein weites schwarzes Nachtcape, unter dem alte, völlig verrunzelte und von dicken gelben Hornhäuten unempfindlich gewordene Wanderfüße hervorsahen. Nie zuvor hatte ich einen Todesengel gesehen. So also sahen sie aus.

»Bastard!« sagte Tante Harriet.

Verglichen mit ihrer Singstimme war ihre Sprechstimme ein entschiedenes Donnergrollen. Sie stieß mich grob zur Seite und schritt in die Zimmermitte. Mir war, als fiele ein langer schwarzer Schatten über das Gesicht des Reverends. Sie setzte die Kerze auf dem großen, ovalen Tisch in der Mitte ab, der mit einem Fransentuch bedeckt war, das wahrscheinlich von Tante Harriets Tante Harriet gehäkelt worden war. Auf einer Kommode lagen kinderkopfgroße Steine. Einer davon war oval geformt und kreidebleich. Zwei dunkle, kohlenähnliche Flecke brannten ihm wie Augen im Gesicht. Es war ihm das nackte Entsetzen hineingeschrieben.

»Tantchen«, sagte der Reverend, »wir sind's. Linda ist krank. Sie konnte nicht mitkommen.«

»Ha – Linda! Die wird's auch bald erwischt haben. Alle machen sie sich davon.«

Hans stierte melancholisch in sein Whiskyglas. Ich hielt mir, glaube ich, erschrocken den Mund zu. Ich neige dazu, um die Atmosphäre zu lockern, unreflektiert zu sprechen, und werde dann gerne von anwesenden Männern mit der Eiseskälte der Verachtung gestraft.

»Und du kannst deine alte Tante wohl auch nicht in Frieden in ihrem Bett sterben lassen, wie sie es als Wandrerin auf Erden verdient hat?«

»Sterben? Tante? Ich bin's! Johnny!«

»Sie ist wieder eingeschlafen«, flüsterte der Reverend. Wir legten die Zeigefinger auf die Lippen. »Pst«, sagte Hans.

Tante Harriet rückte jetzt entschieden an den Reverend heran. Sie packte ihn am Kragen:

»Teufelspack! Es hat sich noch nicht ausgewandert mit der alten Harriet!«

Der Reverend, in seiner Verzweiflung, begann »In der Rose deines Leibes« zu singen. Ein Zittern lief ihr durch den Körper. Sie wankte, schien zu stürzen, aber indem sie der Reverend auf den Boden zurückstauchte, fand sie zugleich Halt.

»Tante«, sagte der Reverend müde. »Wach auf. Ich bin's.«

Sie war erwacht.

»Mein Gott, was für eine Überraschung. Johnny, Liebling, du hier? Und Gäste! Jugend! Jugend im Haus!!«

Jetzt hatte sie fast die Stimme vom Tonband wieder.

Sie war eine reizende alte Dame.

Und ich könnte so fortfahren auf einem Nebengleis meiner Phantasie: ab, auf und davon, immer weiter hinein in die Groteske, vor lauter Verzweiflung weiter und tiefer hinein in eine Farce, aus der ich am Ende kaum noch hinaus weiß.

Zum Beispiel so:

»Frühstück um halb sieben«, sagte Tante Harriet friedlich und ging deshalb sofort wieder ins Bett.

Der Reverend hüstelte reverendhaft verlegen. Ich glaube, er vermißte jetzt seine Frau Linda. Sie hätte die Szene mit einem demütigen Hervortreten aus der Unsichtbarkeit zu lösen gewußt. Ich habe immer gefunden, daß es die unscheinbaren Personen in einer Erzählung sind, ohne die eine Geschichte zusammenbrechen würde. Warum hätte man sie sonst einführen müssen?

Aber Mrs. Preewell war nun einmal wirklich nicht da, und so entschloß sich der Reverend, »Die Englischen müssen noch bluten« zu summen und uns mit diesem Gutenachtlied an den Sterbeszenen der Malerei vorbei und zu einer, hinter der Haupttreppe gelegenen, Nebentreppe zu führen. Er tat mir den Gefallen, im dunklen Flur eine Kerze in der Hand zu halten, sonst hätte ich diese Szene vielleicht wieder vergessen. So aber war sie schaurig und einprägsam geworden.

Hans hatte seinen Rucksack wieder aufgesetzt und stieg, hinter dem Reverend, aber vor mir, die Treppe hoch. Als wir oben angekommen waren, leuchtete eine schneeweiße Geisterhand im Dunkeln. Es war die meine. Ich mußte sie so ans Treppengeländer geklammert haben, daß alles Blut herausgepreßt worden war. Ich stand schließlich vor einer schweren Entscheidung.

Der Reverend nahm sie mir ab. Er führte mich in das Rosarote Zimmer und Hans in das Himmelblaue. Mit dem ersten Blick ins Rosarote Zimmer hatte ich erkannt, daß das Alkovenbett groß genug war für zwei.

Eben war ich dabei, mit fahrigen Bewegungen mein grünes Nachthemd aus der Tasche zu zerren, als es an der Tür klopfte. Mit einer schweren Feierlichkeit, die selbst ich etwas übertrieben fand, rief ich: »Nur herein mit dir!« – Aber statt daß sich die Tür öffnete und der Erwartete hereintrat, rief des Reverends mannhafter Bariton: »Gute Nacht. Entschuldigung. Vielen Dank. Es tut mir so leid.« Und dann drehte er von außen den Schlüssel um. »Ich schulde es Linda!« rief er im Davongehen.

Da hatte sie sich also doch, im entscheidenden Drehmoment der Geschichte, wieder hereingedrängt.

Was blieb mir übrig, als ins Bett zu fallen und von dort weiter in die Tiefe eines rabenschwarzen Schlafs.

Oder so zum Beispiel:

Den ganzen Samstagvormittag ging ich mit Tante Harriet ums Blumenrondell. Es regnete in Strömen. Hans und der Reverend waren in den Bergen, von wo sie nicht vor Abend zurück sein wollten.

Als ich in der Dämmerstunde neben Tante Harriet am Klavier saß und ihr die Noten zu den ›Liedern vom Tod und Verfall‹ umblätterte, hielt sie plötzlich mit dem Spielen inne und schob mir, so, als seien wir auf einer Bühne und müßten, für die Mitspieler unbemerkt, die Spielregeln des Spiels hintergehen, daß jede und jeder schon im voraus wisse, was jede und jeder im nächsten Moment sagen und tun werde, klammheimlich also und kaum, daß ich's selbst gewahr wurde, einen großen, kunstvoll geschmiedeten Schlüssel in die Tasche meiner schottischen Strickjacke, die ich mir von ihr geborgt hatte.

Als Hans und der Reverend gegen sieben zum Dinner zurück waren, setzten wir uns alle um den großen ovalen Tisch. Tante Harriet schenkte feuerroten Portwein in die

Waterford-Kristallgläser und rief Elsie, der bislang unerwähnt gebliebenen Köchin, zu, sie solle das Essen auftragen. Hans sang unentwegt blutige Balladenfetzen vor sich hin und konnte unter dem Tisch nicht aufhören, Gehbewegungen mit den Beinen zu machen. Der Reverend sagte das Tischgebet, und Hans war konfus genug, seinen roten Bart verwühlend, »Mary Stuart was a Bumper« dazwischenzugrölen. Es gab natürlich schottische Graupensuppe, danach schottischen Hochlandhirsch mit schottischem Rosenkohl, schottischen Kartoffeln und schottischer Apfelsoße und zum Nachtisch Haferflockengebackenes mit Ingwer.

Um neun waren wir alle sehr müde und beschlossen, uns in unsere Zimmer zurückzuziehen.

Als ich in meinem Zimmer angekommen war und der Reverend den Schlüssel umgedreht hatte, bemerkte ich, daß irgendein guter Geist, wahrscheinlich war es Tante Harriet gewesen, eine entkorkte Flasche vom blutroten Tischwein auf mein Nachttischchen gestellt hatte. Ich steckte sie in die Tasche meiner schottischen Wolljacke, öffnete mit meinem Schlüssel die Tür, ging zu Hans, klopfte zweimal lang, zweimal kurz, und Sesam öffnete sich.

Oder schließlich zum Beispiel so:

Hans konnte es erst nicht glauben, daß ich es war, die vor ihm stand.

»Wer sonst?« fragte ich launisch. »Tante Harriet?«

Ich ging an ihm vorbei in sein Zimmer. Alles war hellblau: die Tapeten, die Gardinen, die Bettbezüge, der Teppich, der Schrank, der Tisch in der Mitte. Nur den Fußboden hatte man schneeweiß lackiert. – Auf dem Tisch standen zwei Gläser. Tante Harriet hatte alles vorausgeplant.

»Hallo, wie schön du bist«, sagte Hans mechanisch.

Es war trotzdem wie im Himmel.

»Laß dich ansehen.« Hans hielt mich auf Armeslänge von sich weg. Er hatte wieder seinen abschätzenden Blick in den Augen, aber für heute schon genug Musikalisches geleistet; er pfiff nicht.

»Schlank wie eine Lilie. Haut wie Schnee. Schwanenhals. Lippen: Korall. Zähne: Elfenbein. Und Berenices Haar.«

Er gähnte. Da wußte ich also endlich, was ihm so durch den Kopf ging, wenn er mich ansah: er wurde barock.

Ich fand ihn mit seinem breiten roten Bart irgendwie untersetzt. »Barbarossa«, sagte ich.

»Ich würde dir gern eine Kachel aus meinem Ofen schenken«, sagte er.

»Ist Liebe lauter nichts, als daß sie mich entzündet?« sagte ich.

»Ich werde dir ein Gedicht widmen«, sagte er.

»Ich bin gerührt«, sagte ich.

Er hielt mich noch immer von sich weg. Zwischen ihm und mir war nichts als ein kräftig behaarter Männerarm.

»Ich hab' eine Flasche Portwein dabei«, schlug ich vor.

Er sah durch mich hindurch.

Ich verzweifelte langsam.

Es mußte sein! In wenigen Monaten wurde ich zwanzig – es mußte sein! – »Hans!!«

Ich riß mich los und ging zum Tisch. Ich schenkte in beide Gläser schweren, roten Portwein. Ich gab ihm eines. Er nippte zierlich daran. Ich tat einen tiefen enthemmenden Zug. Ich stampfte auf. Ich sagte: »Wird's bald!!«

Oder am Ende zum Beispiel so:

Als wir gerade dabei waren, ein bißchen den Verstand zu verlieren, kippte das auf dem Boden abgestellte Glas Portwein um, und ein schwerer Schwall erschreckend roter Farbe ergoß sich über den weißlackierten Fußboden.

»Um Gottes willen!« rief Hans und fuhr aus der ersten, halbwegs gelungenen Umarmung hoch. –

Und dann wischte er mit seinem Taschentuch den Boden, wischte und wischte und wischte und wollte mit dem Wischen gar nicht mehr aufhören. Bis ich schließlich leise aufstand, meine Schottenjacke wieder anzog – denn weiter waren wir bei unserem Liebesspiel noch nicht gekommen, als Tante Harriets Strickjacke loszuwerden –, die Tür öffnete und hinausschlich wie ein, nun ja, trauriges Kind.

Ich hatte keine zehn Minuten in meinem rosaroten Himmelbett gelegen, als es klopfte. Hans stand draußen. Seine Hände wären blutverschmiert zu nennen gewesen. Aber wir waren nicht im Theater.

Hans heulte.

Ich ließ ihn herein, legte ihn neben mich ins Bett, stützte mich auf einen Arm – und dann brach es aus ihm heraus, das ganze Elend seines armen Manneslebens: Er hatte sich in London in eine singalesische Studentin verliebt. Er war verzweifelt. »Jetzt sind es schon fünf«, flüsterte er erschöpft. Ich war also nicht dabei.

Ich hörte ihm eine ganze Nacht lang zu, tröstete ihn ein bißchen, wobei ich mich von meiner Oma inspirieren ließ, und rechnete mir in Gedanken aus, daß ich auch ohne Mann ein so aufregender Mensch wie Tante Harriet werden konnte.

Und ich hätte es noch bunter treiben können.

Ich hätte mir ausmalen können, daß Tante Harriet in Hansens Bett lag und der Reverend zu mir ins Zimmer kam. Oder, eine andere Klamotte, daß Tante Harriet bei genauem Hinsehn auf einmal meine Großmutter war und ich die grause Nacht im Apfelbaum vor Hansens Fenster verbrachte. Auch wäre denkbar gewesen, daß Schlag zwölf Lady Godiva auf einem Pferd herbeigeritten wäre, mich zu sich hochgezogen hätte und mit mir in die Sturmnacht davongaloppiert wäre.

Wie weniger mutwilliger Weichenumstellungen bedarf es – und mit flatternden Haaren lehnt man sich aus einem immer schneller werdenden Zug, hinaus ins Gelächter eines phantastischen Winds. Fort, fort aus meiner Geschichte, weiter und immer weiter weg von Sätzen über die Wirklichkeit damals. Mr. Elis ist tot, lassen wir ihn in diesem Satz einfach begraben sein. Man nimmt einen solchen Satz gerne hin. Er suggeriert Mitleid und großes Gefühl. Er tremoliert als ein leitmotivischer Stundenschlag, er gibt einer Geschichte wie dieser die Illusion einer erzählten Zeit.

Es ist aber die pure Verzweiflung der Schreibenden: sie sehen sich selbst allzu tief in die Wirrnis ihrer verfliegenden Jahre verstrickt, als daß sie der Versuchung widerstehen könnten, den Tod in Sichtweite zu holen. Gibt es einen hübscheren Handstreich gegen den Tod, als ihn an den genau richtigen Ort in einer Geschichte zu verbannen?

Aber noch ist Mr. Elis nicht tot. Noch wohnt er in einer Stadt in Mittelengland, noch ist er in den Ratsbüchern unter den Lebenden verzeichnet, noch macht er Mr. Changs Sonntagsfrühstück, noch geht er zwischen Abfallbergen und Tellertürmen in seiner Küche herum, läßt Shleepa, die Katze, in der Suppenterrine sitzen, und während er mit der Rechten Salz aufs Bratei streut, krault er mit der Linken den Mops, den haarlosen, rosaroten Mops mit den schwarzen Läusen, die ihm den Namen »Pepper« eingetragen haben.

Es ist ein einsamer Samstag für ihn gewesen, und ein einsamer Sonntag liegt vor ihm. Mr. Chang ist gleich nach dem Frühstück aus dem Haus gegangen, hat sich sehr bald schon im Chinesischen Restaurant gestärkt und ist, zum Menschen geworden, auf die Idee verfallen, drei Tage Urlaub zu nehmen und abends noch zu seiner Schwester nach Liverpool zu fahren.

Am Nachmittag fängt Mr. Elis an, auf seine Untermieterin zu warten. Er sitzt auf dem Sofa und vergißt, das Licht anzumachen, so sehr ist er auf einen Plan konzentriert, der da in seinem Kopf herandämmert, und immer wieder hat er große Mühe, sich auf diesen Plan zu konzentrieren. Immer wieder will er vor ihm davonlaufen in die Erinnerung an seine verklärten Jünglingsjahre.

Seine Mutter begleitet ihn in seinem saumseligen Denken auf dem Klavier. Sie spielt Weber, Chopin, Debussy, Ravel. – Und dann spielt sie Bach.

Mr. Elis ahnt, daß es jetzt ernst wird: sein verzücktes Lauschen wird ihm auseinandergerissen.

Er versucht angestrengt, sich wieder auf seinen Plan zu konzentrieren, erkennt statt dessen nur das Grundthema einer Fuge, strengt die Ohren an, die sich überlagernden Themen zu verfolgen, kriegt feuchte Hände vor Anstrengung, das Bild der Fuge vor Augen zu bekommen. Immer wieder reißt der Faden. Mr. Elis sieht sich in einem Gewirr aus Tönen verloren. Er droht unterzugehen.

Da hält seine Mutter eine Weile inne; sie wartet.

Sowie ihr Sohn sich gefangen hat, fährt sie fort.

Sie nimmt ihn an der Hand und führt ihn durch den großangelegten Bachschen Plan, in dem die Gleise sich verzweigen, übereinanderlagern, enggeführt werden, auseinanderlaufen. Im letzten Licht eines früh dunkel werdenden Dezembertags ist es Mr. Elis, als blicke er von einer Brücke auf ein Eisenbahngelände mit einem Wirrsal von Gleisen hinab und sehe sich selbst unten in einem Waggon sitzen und in Richtung einer immer deutlicher werdenden Ferne fahren, dorthin, wo alle Linien in einen gemeinsamen Strang zusammenlaufen.

Aber bevor Mr. Elis einmündet in die Zusammenführung, springt eine Signallampe auf Rot. Mr. Elis sitzt kurz vorm Orgelpunkt fest.

Er horcht eine Weile, ob seine Mutter weiterspiele?

Sie tut es nicht.

Mr. Elis sitzt bewegungslos. Er weiß, er muß noch einmal das Warten lernen, und diesmal fällt es ihm besonders schwer.

Als die Nacht gekommen ist, lehnt er mit weit geöffneten Augen auf seinem Sofa. Einige seiner Hunde und Perry, die Katze, die nicht Shleepa ist, haben sich um ihn herum gelagert. Es ist jetzt sehr dunkel im Zimmer. Nur das Signal steht auf Rot. Mr. Elis' Mutter läßt ihn sitzen und warten. Sie verweigert ihm die Auflösung der Fuge. Er beginnt zu ahnen, daß er sie sich selbst zu Ende denken muß.

Und so strengt er alle seine Sinne noch einmal an und versucht sich an den bisherigen Fugenverlauf zu erinnern; es gelingt ihm nicht. Da fällt ihm sein Plan wieder ein. Ihm ist, als habe dieser Plan etwas mit der Auflösung der Fuge zu tun. Er weiß, er muß die Lösung finden.

Im Dunkel des Zimmers haben sich jetzt die Dinge konturiert. Er blickt untern Tisch: zwei seiner Hunde liegen darunter und schlafen. Und er blickt zur Kommode, auf der, neben der Uhr, das Bild der Mutter steht, die den ganzen Nachmittag über für ihn Klavier gespielt hat. Er kann es nicht recht erkennen, ihm ist, als habe sich der hochgebuckelte schwarze Schatten seiner Katze Shleepa davorgeschoben.

Irgendwann hört er in der Ferne eine Tür aufgehen: Mr. Chang ist zurückgekommen.

Irgendwann hört er die Tür zuklappen: Mr. Chang ist wieder gegangen.

Mr. Elis bleibt im Dunkeln auf seinem Sofa sitzen. Er überlegt, ob er je im Leben nicht einsam gewesen war.

Natürlich, da war seine Mutter gewesen und immer wieder seine Mutter. Sie hatte ihn an der Hand gehalten, bis in ihre Sterbestunde hinein, wo er an ihrem Bett gesessen und es nicht hatte fassen können, daß sie ihm diese Hand nun entziehen würde.

Mr. Elis erscheint es mit einemmal, als habe er in den zwanzig Jahren nach ihrem Tod von nichts als ihrem langsam erkaltenden Händedruck gelebt.

Und jetzt weiß Mr. Elis, was zu tun ist. Jetzt sieht er auf einmal alles deutlich vor seinen Augen. Er ist eigentlich gar nicht mehr müde, wie er so dasitzt – warum?

Mr. Elis hat sich entschieden.

Er hat sich entschieden, die kalte Hand der Mutter auf ihr Bett zurückzulegen und ihr ein für allemal adieu zu sagen. Er fühlt sich jung wie nie. Mr. Elis will ein neues Leben beginnen.

Jetzt gilt es nur noch auszuharren und auf die Untermieterin zu warten.

Die aber ist noch in Schottland. Sie hat »zwei schöne Tage in Schottland« in ihren Gehirnkasten, Abteilung ›Erinnerung an Jadamals‹, gepackt und sich von Tante Harriet verabschiedet, die zu Recht mit ihr böse ist, weil sie eine holzschnittartige Figur geworden ist, nicht wirklich vorstellbar, nicht aus Fleisch und Blut, wie sie es verdient hätte.

Ich vertröstete sie: »Ich komme wieder, dann sehe ich genauer hin und höre dir ausführlich zu, Harriet. Du hast es verdient, eine eigene Geschichte auf den Leib geschrieben zu bekommen. Ich muß jetzt zurück: zurück zu einer anderen Angelegenheit. Mach dir weiter keine Gedanken. Eines Tages wird es noch etwas mit uns beiden.«

Wir fuhren zurück. Ich bestand darauf, daß Hans vorne saß. Ich wollte keine tröstenden Hände in meiner Nähe haben. Ich wollte allein sein.

Und so saß ich auf dem Rücksitz von Mr. Preewells Auto und ließ mich durch die frühe Nacht schaukeln. Ab und zu legte ich mich quer und sah in das über uns dahinflatternde schwarze Wolkentuch – aber es waren keine Sterne darauf verzeichnet. Arge Vorahnungen überkamen mich und wurden abgelöst von einer überreizten Erinnerung an das, was ich gerade hinter mir hatte. Ich wußte, ich wollte zurück. Aber mir war bange.

Mir war bange vor Kapitel X.

KAPITEL X

Ich war im Zentrum der Geschichte angelangt.

Aber ich hatte mich verrechnet: ich mußte erkennen, daß ich Kapitel X nicht würde schreiben können.

Warum nicht?

Man erfährt es am Ende.

KAPITEL XI

Und ich packte wieder; ich packte meine Siebensachen: einen faltbaren Plastik-Reisewecker, den ich bei einer Tombola gewonnen hatte; ein überflüssiges Paar Schuhe – zum Tanzen; ein wadenlanges indisches Baumwollkleid in Lila – für bessere Zeiten; die Zahnbürste; Franz-Joseph Schleifmann; mein grünes Nachthemd; und brachte mein Päckchen zu Mary Doyle in die Wäscherei. Alles mußte gewaschen werden. Alles. Ich hatte das Gefühl, ich und die Welt seien voller Schmutz und bedürften einer umfassenden Erneuerung.

Ich ertappte Mary Doyle dabei, wie sie gerade stöhnend die »Out of Order«-Schilder über die Waschmaschinen hängte. Sie wurde nur schwer damit fertig, eine Betrügerin zu sein. Mary Doyle glaubte noch an die Hölle. Nichts läßt Mary Doyles starke Persönlichkeit deutlicher aufleuchten als die Tatsache, daß sie noch an die ewige Verdammnis glaubte und dennoch Tag für Tag ihre sauberen Trickchen mit der schmutzigen Wäsche anderer Leute anstellte.

»Alle Achtung!« rief ich.

Mary Doyle fuhr herum und wollte frech werden, um ihr schlechtes Gewissen zu überspielen. Aber dann sah sie, daß ich nur Theater gemacht hatte, denn mir stürzten Bäche von Tränen aus den Augen.

Sie trocknete sich die Hände an ihrer Schürze ab, obwohl die gar nicht naß waren, einfach, weil Frauen wie Mary Doyle das immer tun, wenn sie für ein paar Minuten mal aufhören herumzuwirtschaften. Dann nahm sie mir mein Bündel ab. – Mary Doyle war großgewachsen und ziemlich dick. Sie hatte ein gerötetes Gesicht und einen gelbgrau verfärbten Dauerwellenpudelschnitt, was ihr das Aussehen eines versoffenen englischen Richters gab, der seine Perücke seit Jahrzehnten nicht mehr gewaschen hatte. Sie trug eine Schürze aus der Boutique »Bezaubernde Mrs. John Brown« und hatte die krummsten Beine, die ich je gesehen habe.

Soviel zu Mary Doyles äußerer Erscheinung. Sie soll mir nicht auch noch vorwerfen müssen, ich hätte ihr Fleisch und Bein verweigert.

Ich habe Frauen wie Mary Doyle vor Mary Doyle kaum gekannt. Sie war das, was man eine »gestandene Arbeiterfrau« nennt. Mary Doyle hatte zu allem Überfluß auch noch ein gutes Herz.

»Was, Love«, sagte sie, und ich schluchzte auf, »was haben sie denn mit dir gemacht?!«

Ich schüttelte in stummer Verzweiflung den Kopf. Sie reichte mir ein Taschentuch.

»So schlimm kann es doch auf der Welt nicht sein, wenn man so jung ist!«

Sie löste damit nur die allerletzten Halterungen meiner Weinkrämpfe.

Sie schnürte mein Bündel auf und besah sich staunend, was ich ihr da zum Waschen gebracht hatte.

»Soll das wirklich alles in die Waschmaschine?« fragte sie zweifelnd.

Ich nickte tränenerstickt.

Es spricht für Mary Doyles gestandene Herzensgüte, daß sie, ohne zu widersprechen, zu einer Waschmaschine ging, das »Out of Order« abhängte und meine Sachen hineinklappern ließ. Dann stellte sie die Waschmaschine auf Schonstufe und drückte auf den Anstellknopf. Ich heulte mir die letzten Reste meiner Vernunft aus dem Kopf, so heulte ich.

Mary Doyle war in einem kleinen Nebenraum des Waschsalons verschwunden, kam aber schon bald mit zwei Teetassen zurück. Das Beste an Mary Doyle war, daß sie einem nie Tee anbot, ohne nicht selbst eine Tasse mitzutrinken. Ja, sie hielt es für ausgesprochen grobschlächtig, jemanden seinen Tee alleine trinken zu lassen. Das war, als sage man: ›Sieh zu, wie du mit deinem Unglück alleine fertig wirst!‹ Mary Doyle hatte ganz gelbe Zähne vom Teetrinken, und schuld daran war ihr gutes Herz. »Zucker?« fragte sie; – wahrscheinlich, um mich auf angenehme Gedanken zu bringen, denn als ich nickte, hatte sie keinen da.

Und dann begann ich ihr alles zu erzählen.

Sowie sie merkte, daß dies ein abendfüllender Vorgang würde, ging sie zur Tür, hängte seufzend ein »Out of Order« an den Knauf und drehte den Schlüssel um.

Da saßen wir, in einem vanillegelb getünchten Waschsalon mit zehn großen starken Waschmaschinen und fünf riesigen Trocknern – und all die mächtigen Errungenschaften der vernunftbegabten Menschen schwiegen. Nur ab und zu, nach den langen Pausen des Schongangs, machten Franz-Joseph Schleifmann, meine Tanzschuhe, das Kleid für bessere Zeiten, die Zahnbürste, das Nachthemd und der Reisewecker ein paar Umdrehungen.

Und Mary Doyle nahm mir nichts übel.

Sie nahm mir nicht übel, daß ich mit sechzehn vorgegeben hatte, in meinen Besinnungsaufsätzen zu wissen, wo's langgeht. Sie nahm mir nicht übel, daß ich geglaubt hatte, ich könne etwas Gutes in der Welt tun. Sie nahm mir nicht übel, daß ich nie bei Mr. Elis gefrühstückt hatte, obwohl er sich so darüber gefreut hätte. Sie nahm mir nicht übel, daß ich verworren redete, durcheinander war, arm, ärmer als Mary Doyle, obwohl ich in Deutschland Eltern hatte, die, wenn sie's gewußt hätten, vielleicht Abhilfe geschaffen hätten. Sie nahm mir meine Eltern nicht übel, mein Griechisch und Latein, die Tatsache, daß ich Gedichte las, schlechtes Englisch sprach, von einem Mann verschmäht worden war und also noch immer als Mädchen dasaß. Und sie nahm mir nicht übel, daß sie nur die Hälfte von dem verstand, was ich da aus mir herausheulte.

Sie sagte folglich nicht: »Die will was Besseres sein.«

Sie sagte nicht: »Das Leben hat mich viel härter angepackt als dich. Wie ich so alt war wie du, hatte ich schon John und Sínead im Kinderwagen, also sei still.«

Und sie sagte nicht: »Du mußt wieder beten, dann geht alles wie von selbst.«

Alles, was Mary Doyle sagte, als ich geendet hatte, war: »Und warum heulst du also?«

Ich hatte ihr nämlich eine ganze Menge erzählt; nur nicht, was in Kapitel X geschehen war.

Also einigten wir uns auf folgendes:

Ich heule, weil alles so schlimm ist; weil der Schnee immer sofort wieder schmilzt und nichts als einen Haufen Dreck hinterläßt; und ich heule, weil ich jetzt auf der Straße stehe und nicht weiß, wohin.

»Das is 'n Grund, okay«, sagte Mary Doyle wohlwollend.

Dann dachte sie eine Weile nach, und es mußte etwas Unangenehmes gewesen sein, was ihr da durch den Kopf ging, denn ihre Augen wurden streng.

»Sag mal!« befahl sie, »warum bist du bei dem alten Mann überhaupt eingezogen? Und jetzt denk mal energisch darüber nach!«

»Weil er so einsam aussah.«

Mary Doyle ließ mir die Antwort nicht durchgehen. »Wir sehen alle einsam aus. Schau dich selbst an. Wenn man dich sieht, möchte man eine Gebetsnovene für dich ausrufen.«

»Weil ich vorher bei einer Freundin untergekommen war, die es sich zur Christenpflicht gemacht hatte, alte Menschen glücklich zu machen.«

»Versteh' ich nicht.«

»Kaum waren wir bei unserer Wohnungssuche in Mr. Elis' Haus, schon entschied sie: ›Hier bleibst du und machst den alten Mann ein bißchen froh.‹ – Sie wollte zwei Fliegen mit einer Klappe schlagen: was Gutes tun und mich los sein.«

»Und warum bist du geblieben?«

»Aus Dankbarkeit. Weil sie mir geholfen hat, ein Zimmer zu finden. Weil ich keine Zeit und kein Geld mehr hatte, nach einem anderen zu suchen.«

Mary Doyle rief »Verfluchte Lüge!«, riß eine Zigarettenpackung auf, steckte sich eine an und stampfte qualmend vor mir auf und ab. Sie war wütend.

»Warum bist du da eingezogen?!«

»Ich weiß es nicht«, log ich.

»Doch, du weißt es. Streng dich gefälligst mal da oben an!«

Ich bat sie um eine Zigarette und tat das, was denkende Menschen immer tun: ich rauchte schweigend. Als ich damit zu Ende war, fing der Schongang mit seinen Umdrehungen an. Endlich war es still. Ich sah aus dem Fenster. Am Ende der Straße, im Widerschein einer Lampe, bekriegten sich die Schneeflocken, weil sie sich nicht auf eine gemeinsame Fallrichtung einigen konnten.

»Mrs. Doyle«, lenkte ich ein, »warum haben Sie die Tür abgeschlossen und hören mir so lange zu?«

Sie fiel darauf herein.

Sie sah unglücklich aus.

»Und, Mrs. Doyle, wieviel Pfundnoten gehen Ihnen dabei auch noch verloren?«

Sie knurrte unwillig.

»Sehen Sie, Sie wissen es nicht. Aber Sie wollen, daß ich Ihnen eine Antwort darauf gebe.«

»Herrgott! Was hab' ich mir nicht schon alles eingehandelt mit meiner ewigen Helferei!« rief sie zornig. »Immer muß ich andere bemuttern. Letzte Woche habe ich Mrs. Moneytroop, weil sie so darbend dastand, kostenlos die Weißwäsche gewaschen. Was hat's mir eingebracht? – Ärger. – Joan Fahrenheit hatte mal wieder eine ihrer lila Unterhosen in der Maschine gelassen, und ich bin jetzt schuld an der lila Tischwäsche von Mrs. Moneytroop. Ach, und jedem halbwegs alten Menschen mit 'ner schweren Einkaufstasche renn' ich hinterher! Einmal wurde ich fast verhaftet, weil der Alte meinte, ich hätte ihm seine Einkäufe entreißen wollen! Den Kindern räum' ich die Sachen weg, weil sie angeblich so viel für die Schule zu tun haben, und beim Essen, na, da nehm' ich für mich natürlich grundsätzlich die kleinsten Kartoffeln. Wenn meine Nachbarin nur die Nase zur Tür hereinstreckt, bekommt sie schon Tee, und ich hör' ihr zu, was ihr Henry mal wieder für 'n schönen Extrabatzen verdient hat.«

Sie warf beide Hände in die Höhe, als wolle sie vor sich selbst davonfliegen.

»Aber eins hab' ich mir angeeignet«, sagte sie stolz. »Das mit den Extrapfundnoten beim Waschen.« Sie blickte befriedigt zu ihren Maschinen hinüber. »War harte Arbeit, mir das anzugewöhnen. Der Zirkus nimmt mich ganz schön mit.«

»Wer kriegt denn das Extrageld?« fragte ich boshaft.

Sie sah mich empört an, nickte dann aber traurig.

»Ja, ja, grad' so ist es!«

»Wer?«

»Will ich nicht sagen.«

Sie schämte sich.

Wir tranken noch einen Tee, und Mary Doyle war ziemlich ratlos, warum sie so gut war.

»Weil ich so dumm bin«, sagte sie.

»Nein«, sagte ich.

»Weil ich mich nicht traue, schlecht zu sein«, sagte sie.

»Nein«, sagte ich.

»Dann vielleicht, weil Leute, die nur an sich selbst denken, so grauenhaft komisch sind.«

Wir mußten beide lachen, weil jeder von uns sofort seine eigenen Spaßfiguren im Kopf hatte.

»Ich kenn' eine – begnadete Egoistin!« sagte Mary Doyle. »Vermietet ihre drei zugigen Häuser zum dreifach üblichen Preis, klagt darüber, wie teuer es ist, soviel Besitz zu haben, jammert noch 'nem Krüppel ganz ohne Beine was von ihr'm linken Knie vor, läßt sich von dir zum Tee einladen, guckt dir die Wohnung aus und plaudert dabei munter darüber, wie dreckig die Fenster der Nachbarin waren, bei der sie gestern zum Tee war; – kommt sich als was absolut Gediegenes vor und merkt sage und schreibe überhaupt nicht, wie sie aussieht: wie 'n alter Schlappen, der 'n böses Maulwerk hat. Ihr Mann ist übrigens noch schlimmer. Tut aber so, als sei's seine Frau, die hinterm Geld her ist. Der hat mir mal ein Papiertaschentuch geliehen, wie man so sagt, und am nächsten Tag stand er vor der Tür und wollt's wiederhaben. Ich habe mich kaputtgelacht!«

»Und ich! Ich kannte mal wen, den hab' ich immer in Latein abschreiben lassen, und als er mir mal in Mathe zu 'ner Eins verhalf, bestand er drauf, daß ich ihn am Notengeld, das ich, wie er annahm, zu Hause bekam, beteiligte. Ich mußte ihn von meinem Taschengeld auszahlen, sonst hätte er alles gepetzt.«

Wir gluckerten noch eine Weile recht unkonkret über die, außer uns, ziemlich unerträglichen Menschen auf der Welt und diskutierten ohne Ergebnis, ob Mary Doyle ein gutes Herz hatte oder schlechte Angewohnheiten. Schließlich trieb Mary Doyle die Sache auf die Spitze.

»Es muß dir geholfen werden, mein Kind! Du schläfst heute bei mir auf der Couch, und morgen sehen wir weiter.«

»Danke, Mrs. Doyle. Vielen Dank.«

»Klingt mir wie 'n Bingogewinn in den Ohren. Hör' ich gern. Ob ich deshalb so gut bin?« fragte sie mutlos.

»Ach, Mary Doyle«, sagte ich, »quälen Sie sich doch nicht damit herum. Sie werden schon Ihre Gründe dafür haben, und wenn nicht, ist's doch auch gut.«

»›Gut ... gut ... gut ... gut‹, ich kann's nicht mehr hören. Gehn wir!« entschied sie und versuchte ein bißchen unsympathisch auszusehen, ich nehme an, weil sie sich sonst zu sehr vor sich selbst geschämt hätte.

KAPITEL XII

Und dann brach die letzte Woche vor Weihnachten an.

»Widerstehe doch der Sünde«, sang ein englischer Countertenor im Rundfunk und wiederholte diesen Vorschlag so lange und entwickelte so überzeugende Argumente dafür, daß ich für ein paar Minuten meinte, ich hätte die Lösung des Weltenrätsels und meines eigenen gefunden. Ich bekam zum erstenmal Heimweh nach der deutschen Sprache, aber ich hätte dieses Heimweh mit dem Glauben an Hölle und ewige Verdammnis einlösen müssen, denn die gedankenschwere Abhandlung der Kantate stammte aus dem Barock.

Also ließ ich meinen Plan, mit dem Rauchen und mit den Männern aufzuhören, wieder fallen.

Ich wohnte jetzt bei Ann, einer Freundin von Mary Doyle, hatte ein großes helles Zimmer für mich und die Freiheit, mitzubringen, wen ich wollte.

»Du mußt Männerbesuche haben, wie es sich für ein junges Mädchen gehört!« befahl Ann, als ich bei ihr einzog.

Auch Ann wird eines Tages ihre eigene Geschichte geschrieben bekommen; ich täte ihr unrecht, wollte ich sie hier noch auf Teufel komm raus hereinpacken.

Einmal noch gelang es mir, Hans zu einem Besuch bei mir zu überreden: indem ich ihm versprach, mit ihm über seine neue singalesische Freundin zu diskutieren.

Es wurde ein denkwürdiger Besuch.

»Sie ist braun wie Milchschokolade«, sagte Hans.

Es fiel ihm offensichtlich schwer, ohne Rückgriffe auf die Barockdichtung originelle Metaphern zu finden.

»Haare wie fließender Ruß. Ein Leib wie eine Gazelle.«

»Bleib im weiten Bereich der Kaminmetapher«, warnte ich, »sonst wird das Gedicht schlecht.«

Ich hatte mir einiges angeeignet, was Gedichte betraf.

Er saß da und versuchte sich in einer Art von moderner Lyrik. Als er auch noch begann, den Takt dazu mit dem Mittelfinger auf den Tisch zu schlagen, merkte ich, wie es in mir zu summen anfing. Ich langweilte mich.

Um mir die Langeweile zu vertreiben, vertiefte ich mich in den Anblick seines Gesichts.

Ich stutzte.

Ich sah genau hin – und war verwirrt.

Dann geschah etwas Furchtbares:

Er tat mir leid. So leid, daß ich am liebsten weggesehen hätte.

Es war zum Weinen: er hatte rechts und links von seinem armen Manneskopf zwei überdimensional henkelförmige, völlig verknorpelte Auswüchse. Ich sah noch einmal hin, und tatsächlich: es war eine Katastrophe! Wie soll das Leben eine gelungene Sache werden, wenn man mit zwei solchen Dingern auf die Welt kommt, zwei scheußlich benamten Lappen, wie soll man je fertig werden mit diesen »Ohren«?

Sie waren nicht unterzubringen im Gesamtkonzept des

Schädels. Sie ragten hilflos verwuchert nach beiden Seiten. Hans sah aus wie eine Urne mit Henkeln. Ich starrte ihn entgeistert an.

»Sie hat das niedlichste Näschen von der Welt«, sagte er. »Eine Nase wie ein Schokoladensahnetupfer.«

»O mein Gott!« stöhnte ich, »eine Nase hat sie auch noch?« Ich konnte es nicht fassen: eine Nase, mitten im Gesicht, noch so etwas gänzlich Herausragendes. Wie lange hatte die Menschheit gebraucht, bis sie ihr Entsetzen über das Gesicht des anderen sublimiert hatte, bis sie gar Liebesgedichte darauf reimen konnte?

»Warum soll sie keine Nase haben? Singalesen haben auch Nasen!« sagte er beleidigt.

Die seine hatte, während er sprach, eine überdimensionale Form angenommen. Sie wuchs ihm mitten im Gesicht, wölbte sich auf halber Höhe, so, als habe sie irgendwann mal versucht, herauszuspringen und sich einen passenderen Ort zu suchen als zwischen zwei rotbehaarten Backen.

Mich überfiel großes Mitleid mit den Menschenkindern. Es war konkret wie zwei Ohren und eine Nase im Gesicht eines Mannes, der mich verschmäht hatte. Aber Hans war so mit seiner Singalesin beschäftigt, daß er nicht einmal merkte, wie ich mir die Hände vors Gesicht schlug und ihn zwischen den Fingern hindurch anstarrte.

»Es ist etwas Besonderes an diesem Menschentypus«, philosophierte er. »Er hat etwas von sich selbst Beglücktes. Sie zum Beispiel scheint von einer inneren Ruhe erfüllt, von einer stillen, dunklen Zufriedenheit. Sie ist anders als alle anderen. Wenn sie spricht, klingt es, als kämen ihr die Worte nicht aus dem Kopf, sondern direkt aus dem Bauch heraus.«

So redete er, und die Worte kamen direkt aus seinem Mund heraus. Mein Mitleid mit ihm wuchs von Minute zu Minute.

»Es soll der Mensch Henkel am Gesicht tragen, einen Fels in der Mitte und einen großen dunklen Krater, aus dem heraus die Laute tönen.« Also sprach Gott, und er hatte seinen Spaß daran und lachte sich kaputt, wie sie da erfreut auf langen Stelzen und noch mal so langen Leibern herumstakten, nur um oben ihr Gesicht herumzutragen. Und die Menschen sagten »Danke«, fanden sich zum Verlieben schön und verbeugten sich voreinander.

Hoffentlich merkt er nicht plötzlich, daß auch ich mit einem Gesicht dasitze. Wenn er sich jetzt inne wird, daß ich Nase, Ohren und einen Mund habe, werde ich ihm am Ende auch noch leid tun.

Ich wollte mich ohne größere Gefühlsturbulenzen aus der Affäre ziehen. Ich war in ihn verliebt gewesen, jetzt aber hatte ich seine Menschenähnlichkeit erkannt, und nichts war mir geblieben als das barmende Mitleid. Ich verzieh ihm alles.

Ann konnte es nicht lassen, im Vorbeigehn an die Tür zu klopfen. »Treibt's nicht zu bunt!« rief sie und verzog sich wieder. Ich lächelte melancholisch.

Ein Abschied also. Und kein Salz in der Suppe. Wie

lange würde es dauern, bis ich jemanden fand, der nicht darauf beharrte, in eine singalesische Studentin verliebt zu sein, wie lange, bis einer nach kühnen Metaphern für meine Nase fischte?

Am nächsten Tag fuhr Hans nach London zu seiner Kaminmetapher und von dort zurück nach Deutschland. Ich ließ es mir nicht nehmen, ihn an den Zug zu bringen.

»Wir bleiben Freunde«, sagte Hans. Ich nickte gutmütig.

Der Zug setzte sich in Bewegung, schoß sich auf seine Richtung ein und bog bald um die Kurve. Ich ging in die Bahnhofsstube, trank einen dünnen Kaffee und schrieb auf eine Papierserviette mein erstes Gedicht. Wohler war mir danach nicht.

KAPITEL XIII

Was aus jenen roten Tagen in meinem Kalender ist noch erwähnenswert? – Das Weihnachtsdinner in Fairfield.

Alle versuchten sich gegenseitig in feinem Benehmen auszustechen. Lorie schnitt ihr Truthahnfleisch in die denkbar kleinsten Puzzleteilchen und schob den elendig zerstückelten Tierleib dezent von sich. Eileen gelang es, hin und wieder ein kleines Shakespeare-Zitat, leicht umgearbeitet für Kinder, in die Unterhaltung einzuflechten, aber niemand nickte ihr anerkennend zu. Sie dachten wohl, es sei alles in Eileens eigenem Kopf entstanden, und fanden es albern. – Selbst Nigel, in herausgereckten breiten Schultern, blickte fromm, als das Inbild eines rechtschaffenen Bürgersöhnchens, auf seinen Teller. Wie die Jünger beim Mahle saßen sie um den Tisch und lauschten hingebungsvoll. Ihr Meister, Mr. Cadbury, wie wir ihn nannten, hatte bislang noch keinen Ton von sich gegeben, und was Mr. Cadbury zu erzählen gehabt hätte, wäre doch wirklich die reinste Schokolade gewesen.

Natürlich war es nicht Mr. Cadbury höchstselbst, der sich herabgelassen hatte, Truthahn und Coca-Cola mit uns zu teilen, sondern nur ein beneidenswert unscheinbarer Angestellter aus dem Hause des britischen Schokoladengiganten Cadbury, der dazu abkommandiert worden war, den Weihnachtsmann zu mimen. Er hatte wahrlich ein soziales Mäntelchen umgelegt bekommen, ehe er mit einem Schweinslederkoffer voller Schokoladenriegel losgezogen war.

Nicht, daß die Fairfield-Kinder hinter Schokoladenriegeln her waren, so kindlich waren sie nun doch nicht mehr. Nein, es ging um etwas viel Wichtigeres: Mr. Hazelnut, wie der Herr richtig hieß, hatte drei Zeitverträge für freiwillige, also unbezahlte, Hospitanzen in der Osterhasenherstellung für den Kontinent mitgebracht, und es war an ihm, sie zu vergeben oder nicht zu vergeben, und wenn ja, zu entscheiden, an wen.

Rein ins Arbeits- und Erwachsenenleben und raus aus der Kinderstube Fairfield wollten sie alle. Nigel sah sich schon als Osterhasenauslieferer mit eigenem Firmenwagen in Paris herumfahren; Lorie würde die Empfangsdame Mr. Cadburys werden; Eileen würde sofort aufsteigen in die Werbeabteilung; John Goldpapiere zu schweren Barren stapeln; Meg für die Cognaceierfüllung zuständig sein; Sean Liftboy werden und in einem vierzigstöckigen Hochhaus rauf und runter fahren; Kevin würde man zum Nachtwächter machen und ihm zum Einstand einen scharfen deutschen Schäferhund schenken.

»Nun«, sagte Mrs. Holroyd nach Beendigung des Essens und zu Beginn der spielbaren Szene, »nun, Mr. Hazelnut, wir freuen uns seit Wochen auf ihren Besuch.«

Die Kinder nickten wie brave alte Großväterchen mit den Köpfen, obwohl sie erst einen Tag vorher von dem hohen Besuch erfahren hatten. Lories kaum benutztes Gäbelchen wurde sacht auf den Teller gelegt.

»Es sind im Grunde alles gute Kinder«, fuhr Mrs. Holroyd fort, »es sind, wie Sie wissen, die größten Helden der Geschichte aus den mißlichsten Umständen erwachsen, wenn« – alle seufzten schwer, aber vorsichtig hoffnungsvoll – »ja, wenn man ihnen nur einmal im Leben die rechte Chance gegeben hat.«

»Mr. Cad –, Mr. Hazelnut«, mischte sich der eigens eingeladene Ezra Wood ein, »Gesetzesbrecher kommen genauso nicht als Panzerknacker auf die Welt wie kleine Angestellte als Firmenchefs. Ich meine: wir haben alle mal klein angefangen.«

Mr. Hazelnut nickte und legte zwei erstaunlich gleiche Handflächen aneinander.

»Exakt«, sagte er.

»Altersmäßig gesehen kämen Nigel, Roger und Eileen in Frage, aber es geht ja um eine Hospitanz, also sollten wir nicht zu sehr auf das Alter sehen«, meinte Mrs. Holroyd.

»Mr. Hazelnut, wie macht man eigentlich die phantastischen Schock-Finger?« frage Eileen, die gleich aus der Erwähnung ihres Namens Kapital schlagen wollte. »Ich meine, es ist ja wohl nicht so, daß Sie Ihre Hände in einen Schokoladentopf stecken und dann die Dinger einfach abziehen?«

Kevin hatte gerade ein Exemplar Schock-Finger in der Tasche, zog sie jetzt heraus und lutschte am Daumen. Er dachte wohl, er könne Mr. Cadbury mit seinen eigenen Einfällen noch mal beeindrucken.

Mr. Hazelnut räusperte sich und sagte die ersten bedeutenden Worte an diesem Tag. Er sagte: »Plastik. Plastikschablone. Very well.«

Eileen war geschmeichelt. »Das 's 'ne Idee«, sagte sie. Sie sammelte sichtlich Pluspunkte.

»Wer ist denn eigentlich am bravsten von euch?« räusperte und sprach sich Mr. Hazelnut jetzt frei.

Die Kinder blickten betreten zu Boden. Sie schämten sich für Mr. Hazelnut. Solche Fragen stellten von der Wirklichkeit längst ausrangierte Großonkels, wenn sie in alten amerikanischen Familienserien zu Besuch kamen.

»Ich kann Karamelbonbons machen«, versuchte es Lorie und hob grazil einen Finger in die Höhe.

»Ich auch.« –: Nigel.

»Ich auch.« –: Roger.

»Ich auch.« »Ich auch.« »Ich auch.«

Lories Wirkung war verpufft. Sie sank auf ihren Stuhl zurück und zupfte gedankenverloren den Spliß aus ihren Haarspitzen.

»Nigel ist im Rechnen eine Eins«, versuchte es Mrs. Holroyd, die sich grundsätzlich der Schlimmsten annahm.

»John hämmert die besten Nagelbilder«, entgegnete Ezra Wood, um ihr eins zu verpassen.

John rannte die Treppe hoch in den Abstellraum und kam wieder mit seinem »Fliegenden Fisch«. Auf Hunderten von kleinen Nägeln hatte er mit grasgrünem Zwirn den »Fliegenden Fisch« festgezurrt. »Ich kann jede beliebige

Figur modellieren«, erläuterte er seine Fähigkeiten, »auch Osterhasen.«

Mr. Hazelnut war beeindruckt. Er zog eine Brazil aus der Tasche und wickelte sie aus feinstem Papier aus. Es war aber auch höchste Zeit. Ich hätte nicht gewußt, wie ich ihm mit anderen Mitteln Konturen hätte geben sollen.

»Chpm!« Jetzt war die Kuppe unter der Zigarrenguillotine gefallen. Gleichzeitig hatte sich Mr. Hazelnut geräuspert.

»Wir müssen mal zur Sache kommen«, entschied er und blickte auf seine wichtige Zigarre. »Drei Verträge habe ich. Einen fürs Fließband, Job I. Es geht darum, Eierlikör in Schokoladeneier zu füllen, das heißt, ihr sitzt da und dreht blitzschnell einen kleinen Hahn auf und zu. Auf, wenn das Ei drunter steht; zu, wenn das Ei voll ist. Es bedarf großer Fingerfertigkeit und Konzentration; die Eier dürfen nicht überlaufen.«

Alle hörten so aufmerksam zu, daß sich tiefe Verantwortungsfalten für die Ostereier auf ihren Gesichtern eingegraben hatten, als Mr. Hazelnut den zweiten Zug aus seiner Zigarre nahm. Jeder versuchte, die auf ihn zukommende Aufgabe in ihrer ganzen Tragweite zu erfassen und dabei so auszusehen, als ob man ihm mit der Verantwortung für die Eierlikörhähne am besten die Firmenleitung gleich mit übertragen könne.

»Ich nehme an, man darf den Hahn schon deswegen auch nicht zu früh zumachen, weil sonst die Eier nicht richtig voll sind.«

»Name?« fragte Mr. Hazelnut.

»Meg Berkley.«

»Sehr gut«, sagte Mr. Hazelnut, der hinter seiner Zigarrenwolke unsichtbar geworden war. Seine Stimme hatte dafür einen um so wichtigeren Klang bekommen. Sie klang wie die eines Angestellten, der zum Firmenchef avanciert war, ohne jetzt groß damit herumzutrumpfen.

»Ich meine, wir geben Meg Berkley diesen Job. Sie denkt mit.«

»Verfluchte Kröte!« Nigel haute mit der Faust auf den Tisch. »Arschkriecherin!«

»Das, junger Mann«, meinte Mr. Hazelnut hochnäsig, »hat dich für die Mitarbeit im Hause Cadbury disqualifiziert. Lern daraus fürs Leben.«

Nigel machte Radau.

Mr. Wood führte ihn ab.

»Job II«, fuhr Mr. Hazelnut ungerührt fort, »Job II ist eine etwas anspruchsvollere Tätigkeit.«

Megs Siegeslächeln erstarb: sie sah unglücklich auf ihren leeren Teller hinab. Ich glaube, sie lernte gerade fürs Leben: es gibt einem nichts, ohne es einem nicht im nächsten Augenblick zur Hälfte wieder zu vermiesen.

»Wer Job II bekommt, braucht Finesse.«

Alle spitzten die Ohren.

»Fi ... was?« fragte Lorie mit schwacher Stimme.

»Finesse.«

»Oh.« Lorie verzog ihre schmalen blassen Lippen zu einem stillen Lächeln.

»Du hast zarte Fingerchen, meine Kleine«, sagte Mr. Hazelnut, dem man ein solches Kompliment nicht hätte machen können.

Mrs. Holroyd rief streng: »Tee!« und klatschte in ihre eigenen Hände.

In der Küche klapperten die Jahresbestraften von Fairfield, die traditionell das Weihnachtsdinner kochen mußten, rebellisch mit den Töpfen und Pfannen. Nigel gehörte jetzt auch dazu.

»Hab' ich?« hauchte Lorie. Sie blies ihre ungläubige Frage in geradezu königlichem Hochenglisch durch die Nase, deswegen klingt sie in der deutschen Übersetzung anglizismenhaft.

»Willst du Job II übernehmen?« fragte Mr. Hazelnut sanft.

Lorie blieb vor Überraschung die Sprache weg. Eileen kippelte nervös auf ihrem Stuhl herum. Roger schrie: »Scheiß weibergeil, wie?!« und war auch disqualifiziert. Der kleine arme Sean sah ganz verquer auf die Essensreste von Lories Teller. Er schämte sich wohl dafür, daß er sich schämte, weil er sich schämte; kurz: er hatte wieder einmal alles falsch gemacht.

Sean hatte es am schwersten von allen. Wer Sean nur ansah, warf ihm sofort das klebrige Netz bedauernden Mitleids über.

»Name?« fragte Mr. Hazelnut.

»Sean MacFarewell«, piepste Sean.

Lorie langte ihm eine. »Ich bin dran!«

»Ausgeschieden!« sagte Mr. Hazelnut.

Lorie streckte ihm unter einem trotzigen Vorhang von Haaren die Zunge heraus und wurde vom Platz gewiesen.

»Den Job bekommt Sean MacFarewell. Er wird im Kanalsystem des Betriebs herumkriechen und verstopfte Rohre mit einer feinen langen Nadel reinigen.«

Sean sah stolz in die Runde. Alle bemitleideten ihn, aber er merkte es nicht.

Ich glaube, das war einer der Momente, in denen ich gerne eingegriffen hätte.

»Gemein!« flüsterte ich auf deutsch. »Immer auf die Schwachen!«

Kevin versetzte mir unterm Tisch einen Tritt. Sie haßten es, wenn ich deutsch sprach.

»Wer will Job III?« fragte Mr. Cadbury und zeigte endlich wieder seinen gesichtslosen Kopf, indem er die Zigarre weglegte.

»Wer will Job III?«

Alle mucksten still an ihrem mittlerweile aufgetragenen Tee herum. Eileen war sehr damit beschäftigt, Goldstreifen vom Lametta aus der Tischdekoration heraus- und denkbar kleinste Knötchen in die Fäden hineinzuzerren, ohne daß das Lametta zerriß.

»Mrs. Holroyd, wem geben wir Job III?« wandte sich Mr. Hazelnut hilfesuchend an die Chefin.

Mrs. Holroyd, die eingeweiht schien, stülpte die Oberlippe hoch und zupfte an einem nicht vorhandenen Kinnhaar. Sie überlegte:

»... Job III ... Job III ... Job III ...«

Job III dräute als furchtbares Unheil über der Runde. Mrs. Holroyd nahm ihm durch die Art, wie sie »Job III« aussprach, nichts von seinem Schrecken.

»Also ich würde sagen: Job III -- Kevin!«

Kevin knickte zusammen. Die anderen entspannten sich, ohne deshalb gleich glücklich auszusehen. Sie waren wieder einmal doppelt geprellt worden.

»Was muß ich tun?« ermannte sich Kevin und reckte die breiten nackten Schultern auseinander. Kevin trug zu allen Jahreszeiten denselben schwarzen ärmellosen Pullunder.

»Silberpapier in Quadrate schneiden«, sagte Mr. Hazelnut.

Wenn Kevin ein Jackett angehabt hätte, hätte er jetzt mit beiden Händen an die Revers gefaßt und deren Spitzen über die Daumen nach außen gedreht. Aber das ist Boulevard. Und kein Boulevardheld, der am Ende alles wiedergutmacht, was er im Drama verbrochen hat, hätte eingebildeter aussehen können als Kevin.

Eileen brachte Mrs. Holroyd mit dem Laserstrahl eines einziges Haßblickes um.

Es war schon dunkel, als der Tisch aufgehoben wurde. Bis auf Kevin war niemand so recht zufrieden mit seinen Zukunftsaussichten, aber wenigstens durften jetzt die Braven nach Hause gehen. Das Strafbataillon in der Küche würde allerdings noch bis in die Nacht hinein mit den Aufräumarbeiten des Weihnachtsdinners zugange sein.

KAPITEL XIV

Als ich durch die Fußgängerzone nach Hause ging, schneite es heftig. In zwei Tagen war Weihnachten, dann würde aller Schnee wieder geschmolzen sein, und die Menschen – sie würden von einer weißen Weihnacht träumen wie jedes Jahr.

Bei Penney's war jetzt, kurz vor fünf, die Hölle los. Die Leute kauften sich das letzte Geld aus der Tasche für hinterhältige Präsente, die sie ihren Liebsten zum Christfest schenken würden. Vor Quinnsworth gab es einen Menschenauflauf. Im ersten Moment dachte ich, sie würfen dort Truthähne oder Weihnachtsengel in die Menge; ich hatte ähnliche Menschenmassen vorher nur gesehen, wenn es etwas umsonst gab. Dann sah ich, daß sich die Leute, wie Magnetspäne um ein Hufeisen, um einen Mann in altem grauen Mantel scharten, der auf einer Seifenkiste stand und eine Rede hielt.

Es war Pete.

Vor ihm stand auch schon, richtig, Mrs. Morton und blickte ehrfürchtig zu ihm auf.

»Helden der Geschichte sind wir nicht«, gestand Pete soeben, »aber hört zu, und ihr werdet ein für allemal Bescheid wissen.«

Die Leute reckten gespannt die Hälse. Nun würde man ihnen also endlich einmal auf entscheidende Fragen antworten. Vielen fiel erst jetzt ein, daß sie sich im Grunde schon immer mit etwas Ungelöstem beschäftigt hatten, etwas, worauf eine Antwort ganz gut gepaßt hätte. Pete gab ihnen mit dem Versprechen einer Antwort zugleich die in ihnen schlummernden Fragen.

»Ich hatte mal 'nen Kater: ein großes schweres schwarzes Tier mit Halskrause. Er ging auf leisen Pfoten und ließ es sich nicht nehmen, vornehm zu tun, wenn man ihm aus Versehen draufgetreten hatte. Wißt ihr, er rührte kein Essen an, bis man sich bei ihm mit sanftem Murmeln entschuldigt hatte. Ins Ohr mußte man's ihm flüstern: ›hab's nicht absichtlich getan‹, dann war's auch schon gut, und zum Dank fraß er den ganzen Teller leer. – Denkt bloß nicht, ich sei hier, um euch rührselige Weihnachtsgeschichten von Katern, die aussehen wie unsere verdammten anglikanischen Reverends, zu erzählen.«

»Hört! Hört!« rief jemand hinter mir. Dem schottischen Akzent nach war es Mr. Preewell.

»Aber ich habe nachgedacht«, fuhr Pete fort, »ich habe mich in diesen meinen Mantel hier verkrochen, der mein Zuhause ist, meine Heimat, mein Vaterland, und vier Tage lang habe ich keinen Schluck genommen.«

Er nahm jetzt einen Schluck aus einer Flasche Rotwein, die neben ihm gestanden hatte.

»Meine Fastenzeit ist vorbei. Ich bin zu einem Ergebnis gekommen. Ich will nichts von euch, als daß ihr mir mal zuhört.«

»Zur Sache! Zur Sache!« rief ein ungeduldiger Zuhörer.

»Wer hat hier Eile?! Weißt du denn nicht, du Ungeduldslamm von einem Ziegenbock, daß dir das Blöken bald im Hals steckenbleiben wird, dann, wenn es erst mal auf dich draufprasselt?! Erde, Hagel, Schnee, Regen, alles wird nur vom lieben Gott dazu ausgedacht sein, dein Geblöke zu übertönen. Aber du kannst es nicht erwarten, Dummkopf von einem Esel, du!«

»Pete, schsch«, zischelte Mrs. Morton, an die ich mich näher herangeschoben hatte. Aber ich sah, daß sie den Kopf stolz erhoben hielt.

Pete hatte jetzt ein Stück Stoff in der Hand; an der Tatsache, daß er es aus seiner Hosentasche gezogen hatte, konnte man erraten, daß es sich dabei um ein Taschentuch handelte. Er fuhr sich damit über die Stirn. Es war dies eine Gebärde, die er sich bei den großen Rednern im Hydepark abgeguckt haben mußte. Pete war lange Zeit Bewohner des Londoner Hydeparks gewesen.

»So hört denn gut zu, was ich euch zu sagen habe. Helden der Geschichte sind wir nicht, aber –« Er hielt verdutzt inne, als sei er über die Kühnheit seines Aber selbst höchlichst erstaunt.

»Aber. Aber – aber – aber – aber.«

»Bravo!« rief ein fast ebenso heruntergekommenes Exemplar von Mensch, das sich abseits von der Menge postiert hatte.

»Aber ich will euch nicht die Geschichte meines Lebens erzählen, ihr würdet sie mir nicht glauben.«

Mrs. Morton nickte unmerklich. Sie hatte bestimmt

schon feuchte Augen. Ich konnte sie leider nur von hinten sehen.

»Wo bin ich stehngeblieben?« fragte Pete.

»Aber!« rief jemand.

»Unglaubliche Geschichte!« ein anderer.

»Richtig.« Pete nickte mit eisengrauem, schwerem Kopf. Er nahm einen weiteren Schluck aus der Flasche.

»Aber saufen! Aber saufen!« riefen einige Zuhörer. Pete hob die Flasche in die Höhe.

»Geh arbeiten!« rief ein Mensch aus der Menge, einer, der nicht gerade für originelles Denken zuständig war.

»Geh arbeiten, jawoll, wohin denn, du Arschloch?«

»Pete!!« Das war Mrs. Morton.

»... du Klugscheißer! Setz du dich mal unter Lady Godiva ihr Pferd und sammel Pennies, und dann komm wieder und erzähl mir was von Arbeit! Aber ich habe euch studiert, ihr Betrüger. Die einen gehn vorbei, als hätten sie's so eilig, weil sie grad' ihrer armen Oma Kuchen und Wein bringen müssen, die andern bleiben stehn und glotzen mich an, als hätten sie mich früher schon mal getroffen, bloß wann?, wann?; wieder andere, na ja, es gibt auch welche, die mal 'nen Penny runterfallen lassen, so heimlich, als sei's das verabredete Zeichen für 'n Aufstand, und wenn ein Bekannter sie dabei erwischt, bücken sie sich und klauben ihr Geld wieder auf. ›Verdammt, ist mir glatt aus der Tasche gerutscht‹, murmeln sie. Wer will schon als Depp dastehn, wer will sich schon dabei erwischen lassen, wie er in unserer Einkaufspassage herumläuft und auf einmal ein gutes Herz bekommt. – Wieder andere lassen sich zu mir herab und fragen doch allen Ernstes, wie so einer wie ich mit dem Leben fertig wird, wo alles so teuer ist heutzutage. – Dann gibt es welche, ganz Konsequente, die gleich zugreifen: sie bedienen sich in meinem Hut und machen sich stracks aus dem Staub.«

Die Menge konnte es nicht fassen.

»Doch, so was gibt's. Arme Schweine, im Grunde. Hat an sich nicht jeder nötig, 'nen Bettler zu beklauen.«

Der Menge schien, so einfach dürfe man diesen Schweinen die Sache nun auch wieder nicht durchgehen lassen.

»Am liebsten, ich sag' es euch offen ins Gesicht, ihr Idioten, –«

»– Pete!!« Mrs. Morton schien den Tränen nah.

»– am liebsten sind mir die, die mir 'n ordentlichen Schein zustecken und die Sache damit auf sich beruhen lassen. He! warum nicht?! Hab' ich vielleicht 'ne Pension?! Hab' ich 'n Auto?! Hab' ich kleine Enkelkinder, die mir zu Weihnachten Kräuterlikör und Kuchen schenken?! Hab' ich nicht! – Aber jetzt will ich euch auch noch sagen, wen ich am wenigsten leiden kann! Am wenigsten leiden kann ich die, die mir die sogenannten Naturalien in den Hut legen. Eine Dose mit Erbsen hat mir mal so ein mildtätiges Herz geschenkt, und er war beleidigt, daß ich nicht danke sagte. Hab' ich nicht gesagt. ›Und der Dosenöffner?!‹ hab' ich ihn angeschnauzt.«

»Unverschämter Lümmel!« rief eine ihrem Ärger empört Luft machende Gerechte.

»Ha, du Schweinebiest, kannst du Dosen mit 'n Zähnen öffnen? Im übrigen: als ob ich nicht wüßte, was ich mit meinem Geld anfangen sollte! Aber, und jetzt komm' ich zur Sache, glaub' ich, jetzt geb' ich euch mal Bescheid. Hört gut zu: – Der Mensch ist so! War so! Und wird so sein!«

Pete hielt inne, sichtlich stolz auf seine ungewöhnliche Conclusio. Die Menge begann auseinanderzuschwimmen. Alle waren maßlos enttäuscht. Sie hatten den Verdacht, daß ihnen jemand die Zeit gestohlen hatte, ohne ihnen wirklich endlich mal Bescheid zu geben.

»Halt! Zum Donnerwetter!« schrie Pete. »Stehengeblieben, sag' ich! Ich hab' noch gar nicht richtig angefangen! Und wehe, es lenkt mich jetzt noch mal einer ab!«

Die Menge stand still.

»Als ich ein Kind war«, er unterbrach sich und seufzte hörbar, »ein Kindlein klein an der Mutter Brust«, – es ist leider wahr, daß ihm die Stimme bei diesen Worten ins Sentimentale abstürzte – »ja, hätte da einer geglaubt, daß ich mir mein Brot auf solch unergiebige Art und Weise würde verdienen müssen?! Niemals. Ich bin eines Prinzen Sohn –«

Die Menge horchte auf.

»– eines wirklichen und wahrhaftigen Prinzen Kind, aber psst, verraten darf man's ja niemandem nicht, wegen dem Königshaus.«

»Beweise! Beweise!« schrie die Menge.

»Beweise wollt ihr haben? Soll ich unserem unglücklichen König Edward noch im nachhinein eins verpassen, wo er's schon schwer genug gehabt hat im Leben? Denkt mal selbst 'n bißchen nach, verdammt!«

Die Menge dachte nach.

»Nein«, fuhr Pete fort, »an der Wiege war es mir nicht gesungen worden, daß ich dereinst eure Krampfadern und Hosenaufschläge bis zum Verzählen würde zählen müssen, eh' mir mal so 'n Rhinozeros einen Penny in den Hut wirft. – Eines Prinzen Sohn, ja ...« Pete nickte gedankenverloren in seine prinzliche Kindheit hinüber.

»Einen goldenen Tauflöffel hab' ich von meinem Großvater gekriegt – da!«

Und er hielt einen verrosteten Schuhlöffel in die Höhe.

»War alles mal Gold, was heut Rost ist. Aaber!«

»Bravo!« rief sein Kumpel vom Abseits.

»Aaber eins sag' ich euch! Lieber einen verrosteten Schuhlöffel zur Taufe und 'n gutes Herz« – die Menge nickte – »als so 'nen silbernen mit goldenem Sensenmann drauf und so 'n Knauserarsch wie« – er streckte den Zeigefinger nach dem Nächstbesten aus – »du da!«

Die Menge war empört und wich vor Pete zurück.

»Schluß mit dem Gesabbel!« rief ein aufgebrachter Mann ohne Zähne.

»Du solltest eigentlich auch zu mir halten. Was hat dir das Leben denn gebracht – noch nicht mal 'n paar Zähne auf deine alten Tage!«

Der Angeredete zog den Kopf in seinen Staubmantelkragen wie eine Schildkröte den ihren in den Panzer.

»Ihr alle da!, und jetzt heißt's hiergeblieben!!, zur Sache, ihr da, ihr Schildkröten, Heroen der Geschichte seid ihr ja nicht und keines Prinzen Söhne, aber geschuftet, was? Malocht, was das Zeug hält, und rauf mit 'n Jahren auf den Buckel, und dankbar auch noch, dankbar, ihr Nasenträger, dankbar, daß ihr malochen durftet, dankbar, daß euch einer, der's gut mit euch meinte, die Zeit geklaut hat, eure einmalige Lebenszeit, nämlich aus ist's am Ende, nix Maharadscha, nix Wiedergeburt, aus, basta, vorbei, und da sitzt ihr in euren schiefen Ohrensesseln und kriegt feuchte Augen vor Dankbarkeit, weil ihr mal, einmal, 'nen kleinen Urlaub in Brighton hattet oder in Blackpool, wo sie euch das Geld aus der Tasche gezogen haben, und eure Damen haben krumme Beine vom Mitrennen gekriegt durchs saure Leben, ooh, ihr Dummbärte, aber ich! ich habe nachgedacht! hört zu, jetzt gibt's aber mal Bescheid, ich will, daß ihr mir mal zuhört, ooh, was 'n Betrug!«

Petes Stimme überschlug sich.

»... was 'n Beschiß! –«

Petes Stimme überschlug sich ins Schluchzen.

»Gab's da irgendwann mal eine Wiedergutmachung? Nein! Also: ein ... ein ... na?! ... bescheuerter Betrug von hinten bis vorne, das Leben, so 'ne Art – Quark ... dummes Gequassel ... – was wollt' ich sagen? na! wie sagt man gleich, oh, so 'ne Art –, äh –«

Petes Stimme brach ab.

»Die Alkoholprobleme«, seufzte Mrs. Morton und

putzte sich die Nase. Pete liefen Ströme von Wasser aus den Augen.

»Die Alkoholprobleme«, wiederholte Mrs. Morton mit trostloser Stimme, »die heutige Zeit.«

Die Menge dröselte murrend auseinander.

»Noch was, Opa?!« rief einer und, oh Himmel!, ich drehte mich um, und da stand Nigel. Die ganze Wut über seinen mißlungenen Versuch, beim Weihnachtsdinner eine gute Figur zu machen, stand ihm in sein Rudolf-Valentino-Gesicht geschrieben.

»Noch was, he?«

Sein Ruf verhallte nicht ungehört. Eine ganze Reihe von Leuten blieb doch lieber noch stehen: es lag etwas Vielversprechendes in der Luft.

Nigel boxte sich nach vorne und baute sich breitbeinig vor Pete auf.

»Noch was, du Truthahn von Grubenfahrer?«

Pete wandte sich, ohne ihn groß zu beachten, von ihm ab.

»Mein Schlußwort! Mein schönes Schlußwort! ... und war weg auf einmal, einfach weg.«

»Mach dir nichts draus, Pete«, begütigte ihn Mrs. Morton und hatte vor lauter Gram ihre Vorsicht fallenlassen, Pete grundsätzlich in der dritten Person anzureden. »Sollst dir nichts draus machen. Das sag' ich dir, das kann nicht jeder, sich da auf eine Kiste stellen und frei von der Leber weg!«

Nigel schob sie unsanft beiseite.

»Verprügeln müßte man Kerle wie dich. Anständige Leute belästigen, was?«

Pete drehte sich um. Er hatte aufgehört zu heulen. In seinem Gesicht stand, daß er eben mal wieder die Chance seines Lebens verpaßt hatte.

»Was willst denn du?« fragte er müde.

»Dir 'n paar überziehen, wenn du nicht sofort das Maul hältst!«

Und schon hatte er Pete, ungeachtet dessen, daß dieser nun wirklich ganz still war, am Kragen gepackt.

»Laß es gut sein, mein Junge«, sagte Mrs. Morton, aber es klang, als habe sie diesen Satz schon mal irgendwo gelesen und wisse im Moment keinen besseren.

»Sich auf die Straße stellen und ehrlichen Menschen den Aufstand predigen, wie?!«

Nigel war furchtbar schlechter Laune.

»Nimm die Finger von mein'm Kragen«, sagte Pete, sich sichtlich ermannend.

»Was willste he? was willste?«

Oma, flehte ich. Hilf mir.

»Nigel!« schrie ich über die Köpfe der Leute hinweg. »Bist 'n guter Kerl, aber laß ihn mal los.«

Der Trick war alt. Er verpuffte wirkungslos. Nigel hielt sich an Petes Kragen fest und ließ sich zurückfallen, als hinge er in den Wanten eines Abenteuers. Pete verlor das Gleichgewicht und fiel nach vorne, über Nigel. Der brüllte auf und drosch mit den Fäusten auf Pete ein. Noch bevor die erschreckt Herumstehenden gewahr wurden, was eigentlich passiert war, brach Pete zusammen. Ein dicker Schwall Blut kam aus seinem Mund.

»Verdammte Lebensscheiße! das war's«, sagte Pete. Und verlor, mitten in seinem Schlußwort, das Bewußtsein.

Nigel drehte sich um und sah stolz wie Oliver Cromwell in die Menge. Er dachte wohl, man würde ihm ob seines eisenharten Durchgreifens als dem neuen Helden Englands zujubeln. Aber er hatte sich verrechnet.

»Was für eine gottverdammte Jugend ist das in diesem Land!« schrie der zahnlose Alte und war nahe dran, sich auf Nigel zu stürzen. Aber er wurde von hinten gepackt und davongezerrt.

Um die Szene zu beenden, kam, wer kommen mußte: ein Polizist. Er klärte Nigel über seine Rechte auf und führte ihn ab. Die Menge applaudierte.

Als sie in meiner Nähe vorbeikamen, deutete Nigel mit dem Finger auf mich und schrie: »Sie ist schuld! Sie ist schuld! Das gottverdammte deutsche Nazischwein!«

Was hätte ich darauf antworten sollen?

Ich schlich heim, legte mich ins Bett und zog mir die Decke über den Kopf.

KAPITEL XV

Weihnachten war endlich vorbei. Ich hatte es halbwegs ehrbar hinter mich gebracht: allein in meinem Zimmer, allein im Haus, denn Ann war zu ihrem Geliebten nach Devonshire gefahren.

Punkt zwölf Heiligabend besah ich mir meine Geschenke aus Deutschland, alles nützliche oder nahrhafte Dinge, »über die ich mich sehr gefreut habe. Vielen Dank«.

Ich aß weißen Preßsack und Butterplätzchen, die so zart nach meiner Kindheit und der Liebe meiner Mutter schmeckten, daß ich ums Haar wieder losgeheult hätte; diesmal wirklich vor Heimweh.

Ich hatte mir eine Kerze angezündet. Sie war das Licht in der Dunkelheit.

Es ist ein Ros' entsprungen. Ich dachte an Hans. Aus einer Wurzel zart. Ich dachte an Hans. Macht hoch die Tür, die Tor macht weit. Ich dachte an Hans. Es kommt der Herr der Herrlichkeit. Ich dachte an Hans. Oh komm oh komm Emanuel. Ich dachte an Hans. Ich dachte an Hans. Ich verfing mich im Anblick der flackernden Kerze und sah schnell wieder weg. Dann verrieb ich die Nadeln des Zweigleins, das mir mein Vater extra aus dem deutschen Wald geholt und ins Paket mit hineingelegt hatte, zwischen den Fingern. Sie rochen nach frischen Orangen. Das war endlich einmal gut.

Es war in diesem Moment, als mir eine vergessen geglaubte Geschichte aus meiner Kindheit wieder einfiel; ich hatte sie wohl wegen ihrer Ereignislosigkeit für diesen Heiligabend im Gedächtnis aufbewahrt.

Es war in der Adventszeit gewesen. Ich war über eine abseits vom Weg gelegene, zugeschneite Wiese von der Schule nach Hause gegangen. Die Wiese lag in meiner Erinnerung als ein wunderbar weit ausgebreitetes, schneeweißes Tuch. In meine Seele war in jenem Jahr der schwarze Teufel der Selbstqual gefahren; es war das Jahr nach den Doktorspielen gewesen.

Von wegen Unschuld der Kinder! Heini und ich, wir hatten genau gewußt, daß wir keinen Ringelpiez spielten. Und wir waren so frei, uns gar nichts Zermürbendes dabei zu denken.

Aber die Figur aus dem Wetterhäuschen war ins Dunkle zurückgedreht, als wir wegzogen. Heini war in meiner Phantasie zu einem Phantom von Verführer geworden. Die Bilder von Heini kamen immer und immer wieder, und jedesmal war Heini um einige Quadratzentimeter gewachsen. All die Gedanken, die er mir mitbrachte! Ich mußte täglich und immer länger laut singen, um sie zu vertreiben. Beichten konnte man einen Heini nicht. So etwas erzählte man nicht dem Pfarrer.

In komplizierte theologische Überlegungen über Sünde und Vergebung im Sechsten Gebot vertieft, war ich über die schneeweiße Wiese geschnürt und hatte trotz meiner düsteren Gedanken im Innersten die Hoffnung, etwas selig Glitzerndes zu finden, etwas, mit dem das Leben einem wieder freundlich zulachte.

Fast hätte ich meinen Fund an jenem Tag übersehen: er lag weiß auf weiß in einer Falte des Schnees. Es war ein kleiner Schwan aus Strohbast, der an einem, am oberen Ende sichtlich abgerissenen, Stück Faden hing. Der Schwan mußte zu einem Mobile aus Schwänen gehört haben, wie sie in den oberen Klassen der Volksschule gebastelt wurden. Irgendein Dreizehnjähriger hatte es stolz nach Hause getragen.

Jetzt fehlte ein Schwan, und das Mobile war schief. Es war aus dem Gleichgewicht geraten.

Ich hob den Schwan auf und war mit einemmal all meine Sündenlast los. Ich nannte ihn Heini und hängte ihn am Heiligabend an den Christbaum.

Ich bildete mir ein, Gott habe mir den Schwan Heini geschickt zum Zeichen, daß er mir verziehen hatte.

Ich weiß nicht, warum mir an jenem Heiligabend in England die Geschichte vom Schwan Heini wieder einfiel.

Ohne noch weiter darüber nachzudenken, ging ich schlafen. Mein armer Körper lag unter einer atmungsunaktiven Nylondecke.

Es war die Christnacht.

Hans war in Deutschland, wahrscheinlich bei seiner Frau. An Weihnachten kehren die Dichter zu ihren Frauen zurück. – Ähnliches hatte ich in einem Gedicht gelesen.

Ich begann, mir über die Schläfe zu streichen. Ich strich

ganz sanft, mit dem Ringfinger, und als ich mir so über die Schläfe strich, versuchte ich zu vergessen, daß es mein Ringfinger war. Es war ein geradeso schwieriges Unternehmen, wie wenn ich versucht hätte, zu denken, es sei zwar mein Ringfinger, die Schläfe aber gehöre jemand anderem.

Ich wußte weder ein noch aus.

»Das ist die Einsamkeit«, dachte ich.

Ich drehte mich auf den Bauch und lächelte vielsagend in mich hinein: »Das Alleinsein, die Verlassenheit.«

Jetzt, da ich es wußte, schlief ich beruhigt ein.

KAPITEL XVI

Pete würde mehrere Wochen im Krankenhaus liegen müssen. Er war gebadet, rasiert und in ein schneeweißes Krankenhausnachthemd gesteckt worden, »der liebe alte Junge«, erzählte Mrs. Morton. »Ich habe ihn gestern besucht. Er wird wohl noch einmal davonkommen. Er arbeitet an einer neuen Rede, er glaubt, er habe in Zukunft den Menschen viel zu sagen.«

Nigel war in Haft.

Es gab eine Vorverhandlung, zu der Mrs. Holroyd und ich hingingen.

Vorne stand Nigel in Handschellen. Sein brillantiertes Haar war gewaschen worden, und man hatte ihn in enge Gefängniskleidung gesteckt. Der Brustkorb schwellte ihm mächtig darunter; das Gesicht aber war von einer durchscheinenden Blässe. Er sah erleuchtet aus, wie einer, der seinen Weg jetzt klar vor Augen sieht. Es war die sogenannte schiefe Bahn.

Als ich abends in meinem Zimmer saß, hörte ich im Radio eine Symphonie von Haydn. Ich sah Nigel mit seinen erleuchteten Augen vor mir. Es gelang mir nicht, Nigels Bild mit der Musik zusammenzubringen. Nigel paßte nicht in Haydns Musik hinein. Es war nicht ich, die ihm den Zugang verwehrte, und es war nicht Haydn. Es war die Gesellschaft.

»Gesellschaft! Gesellschaft! Immer die Gesellschaft!«

hörte ich einen lautstarken Großonkel von mir zwischen zwei Schnäpsen auf einer Familienfeier grölen.

Ich stellte resigniert das Radio ab.

Mitte Januar ging ich, schwarz gekleidet, als stünde ein Begräbnis an, mit Lorie zu den Boomtown Rats.

Lorie hatte sich einen wippenden Pferdeschwanz gebunden. Statt ihres grauen Rocks trug sie einen rosaroten Petticoat. Ich befürchtete, es würde Ärger geben. Kein Punk ließ in jenen Tagen eine Teddybraut ungeschoren. Man haßte sich gegenseitig in bestem Einverständnis. Kaum waren wir im Flashlight des ehemaligen städtischen Ballsaals angekommen, in dem schon die schmalen, schwarzgekleideten Körper wie harte Schatten auf und nieder sprangen, hielt auch gleich einer der am Rand der Tanzfläche hin und her geworfenen Körper inne und steuerte gefährlich zielstrebig auf Lorie zu. Als ich sah, daß er an beiden Ohren scharfe Stilette hängen und durch die Nase eine Sicherheitsnadel in Sägeform stecken hatte, zog ich sie mit mir fort.

»Du mußt dir die Haare runterlassen, sofort! Auf die Toilette! Wir sind hier bei den Punks!«

Sie war feuerrot im Gesicht, denn sie hatte ihren Irrtum schon selbst bemerkt. Es war ihr peinlich: sie hatte sich nicht richtig angezogen.

Auf der Toilette machte sie ihren Pferdeschwanz auf und kämmte sich die Haare von hinten nach vorne ins Gesicht.

»Und was machen wir mit dem Petticoat?«

Sie zog ihn aus und stand in mageren schwarzen Strumpfhosenbeinen da. Dann legte sie den Rock auf den Toilettendeckel, schloß die Tür von innen ab und kletterte über die Stellwand zurück.

Als wir hinaustraten, stand der Punk drohend vor der Tür. Lorie fing sofort an, den Kopf nach allen Himmelsrichtungen herumzuwerfen. Dem Punk-Mann imponierte sie jetzt sehr. Sie verloren sich zusammen im Getümmel.

Die Boomtown Rats fuhren mir mächtig in die Glieder. Ich zwängte mich mit geschlossenen Augen in die Menge und sprang mir die Füße in den Hals, so sprang ich. Mein Kopf hatte lange darauf gewartet. Ich schüttelte ihn, was das Zeug hielt. Die tausend Bilder meiner Zeit in England wirbelten wie in einem Schüttelglas auf und sanken dann in die Tiefe des Gehirnbodens hinab.

Das jammernde Stöhnen der Gruppe wurde zum Schreien. Alle ordneten sich ihm unter: sie schrien mit. Ich wußte, was Franz-Joseph Schleifmann zu dieser Art von Kritik sagen würde. Aber ich hatte keine Lust, weiter darüber nachzudenken. Es gab Momente, da wollte man nur noch eines: schreien, oder den Kopf bis zur Besinnungslosigkeit schütteln.

Als in meinem Kopf nichts mehr war bis auf die bildlose Stille feinen weißen Schnees, ging ich von der Tanzfläche, setzte mich in sicherer Entfernung auf einen Stuhl, trank Bier und sah den Tanzenden zu.

In ihren Gesichtern stand die Erschöpfung einer nie gelingenden Revolte. Sie waren gerade dabei, das bißchen Pulver, das eine frustrierende Vorstadtjugend aufbrauen konnte, zu verschießen. Sie verschleuderten die Wut über ihr knappgehaltenes Taschengeld, über die Willkürgebote der Eltern, über das lähmende Desinteresse der Gesellschaft, über die kalte Verachtung der Vorgesetzten. Sie stampften sich die furchtbare Anstrengung, erwachsen zu werden, aus den Körpern. Jeden Morgen standen sie auf und konnten es nicht fassen, daß sie wieder einen ganzen langen Tag hinter sich bringen mußten. Sie hatten Zeit im Überfluß. Ihre Tage schienen ungezählt. Das Leben war eine lähmende Ewigkeit an Zeit, die nicht verrinnen wollte. Sie langweilten sich zu Tode: sie trotteten zu ihren Ausbildungsplätzen, sie trotteten in die Schule, sie trotteten zum Arbeitslosenamt, sie trotteten sich die Zeit aus dem Leben. Das Leben hatte aufgehört, weil es nicht anfangen wollte, das zu werden, was es versprochen hatte.

Die Boomtown Rats wußten das. In brutalen Rhythmen schrien sie, daß das Leben eine Katastrophe sei, »shit«, »fucking shit«, daß sie es satt hatten, dieses sogenannte ›Da-Sein‹, daß sie demnächst ihre Köpfe an die Betonwände ihrer Vorstadtwohnungen schlagen würden, damit es endlich mal knallte in all der erbrechenden Langeweile.

Was aber hätten sie tun sollen? Franz-Joseph Schleifmann lesen? Wenn's hochkam, konnten sie gerade die englische Bilderzeitung »Sun« entziffern. Sie beteten die

Wunder her, von denen darin berichtet wurde: Ein Junge, der in den Kellerräumen eines Londoner Kaufhauses Kartons faltete, war darin so geschickt gewesen, daß er ein Wochenpensum an zwei Tagen schaffte. Man konnte drei Hilfskräfte entlassen, und der Junge bekam eine Belobigung. Jetzt prangte er auf Seite zwei, hielt eine Verlobte im Arm, eine Medaille in der Hand und antwortete auf die Frage, ob er glücklich sei: »Und ob!« – Ein anderer war vom Kellnergehilfen zum Fisch-und-Chips-Budenbesitzer aufgestiegen. Er war jetzt der jüngste Chef de Cuisine Englands. Gerade eben volljährig geworden, hatte er es durch Fleiß, Fleiß und noch mal Fleiß zu einer eigenen Chipsbude gebracht. – Und dann war da noch eine junge Frau, Verkäuferin in einem Schuhgeschäft, die einem gutsituierten älteren Herrn wegen der Grübchen ihres klassenüberschreitenden Lächelns aufgefallen war, als sie ihm eines Tages die Schuhe auszog. Er heiratete sie vom Fleck weg.

So konnte jeder auf die eigene Art sein Glück machen, er mußte nur ein bißchen Glück haben. Das Leben war schön. »Gott, bin ich froh, daß ich hier und heute lebe!« sagte die junge Frau mit den kleinen Grübchen und lächelte.

An jenem Abend verabschiedete ich mich innerlich von meinen Zöglingen in Fairfield-House. Für jeden von ihnen bereitete ich einen kleinen, griffig sentimentalen Gedanken auf, in den ich meine Erinnerung einpackte und auf diese Weise warm hielt.

Eileen wäre Shakespeare-Interpretin geworden, wenn sie nicht von Stan, der ihr die Rolle des Othello weggeschnappt hatte, schwanger geworden wäre.

Lorie würde rotseidene Pantöffelchen von Woolworth tragen, bis der Mann ihres Lebens ihr sagte, daß sie völlig falsch angezogen sei, und ihr die rotseidenen Dinger um die Ohren schlug.

Sean würde verstopfte Abflußsysteme mit einer feinen langen Nadel reinigen und, weil er so willig bei der Sache war, sein ganzes weiteres Leben in dunklen Abflußschächten herumkriechen.

Nigel würde in den Knast wandern, aus dem Knast kommen, in den Knast wandern, aus dem Knast kommen, in den Knast wandern, und irgendwann würde er ganz drinbleiben.

John würde nach Amerika auswandern und Tellerwäscher werden – und bleiben.

Kevin?

Meg?

Roger?

Mark?

Tim?

Pat?

Ella?

Einer von ihnen würde es schaffen. Die anderen würden bis zum Ende ihres Lebens Bingo spielen.

Du bist zynisch geworden, dachte ich, trostlos zynisch. Du hast den Glauben an alles verloren! Wer etwas gesehen hat vom Leben, muß es verarbeiten und am Ende mit einem traurigen Lächeln auf den Lippen davongehen.

»Mr. Elis ist tot.« Ich lächelte traurig. Aber ich wußte, ich würde eines Tages genauer über diesen Satz nachdenken müssen.

KAPITEL XVII

Ich war allein mit Mr. Elis, als er starb. Seine Hände bewegten sich fahrig über sein verschlissenes graues Jackett, als suchten sie nach Knöpfen, es zuzuknöpfen.

Ich weiß aber, wonach sie griffen: nach mir.

In seinem Blick lag eine tödliche, nicht wiedergutzumachende Verletztheit. Er flüsterte, er sei, als ich in Schottland war, achtundachtzig geworden.

Erst spürte ich Schuld, dann wurde mir kalt.

Mir war kalt, als ich in sein Schlafzimmer ging, um ihm die Bettdecke zu holen; mir war kalt, als ich sah, daß unter der Decke statt eines Bettuchs eine Lage Zeitungspapier ausgebreitet war.

Mr. Elis bat mich, seine Schwester anzurufen.

»Er soll mich in Ruhe lassen. Ich habe kein Geld. Ich habe die Grippe.« Die letzten Worte sprach sie durch die Nase.

Einer der großen Augenblicke in Kapitel X wäre der Moment geworden, als sich die Zeit von der tickenden Uhr freimachte; sie stand groß und mächtig im Zimmer. Wir warteten auf den Krankenwagen, ein Arzt war nicht zu erreichen gewesen. Zwei Stunden kamen mir vor wie mein ganzes bis dahin gelebtes Leben. Die Zeit triumphierte über uns. Sie war wieder zur Würde jener Epoche zurückgekehrt, als sie sich noch nicht der Herrschaft einer kleinen Maschine unterworfen hatte.

Für eine Weile überließ ich mich ihr und schaukelte in ihren Armen.

Für derlei erhabene Empfindungen mißbrauchte ich Mr. Elis' Tod.

Ich saß da und hielt still, war neunzehn und nicht mehr unsterblich. Ich wollte nicht weg. Ich wußte, daß ich im Zentrum einer Geschichte angelangt war, von der ich eben dieses Zentrum nicht würde schreiben können.

Ich dachte über Lady Godiva nach, und ich zweifelte, ob sie ein gutes Herz gehabt hatte. Lady Godiva liebte die großen Augenblicke des Lebens – nicht, weil sie ins Himmelreich eingehen wollte oder in die Sage, auch nicht, weil sie die Bürger von der Steuerlast ihres Gatten befreien wollte – die wurde nach ihrem Tod sofort wieder verschärft –, nein: Lady Godiva brauchte die existentiellen Momente des Scheiterns, weil sie dann am meisten spürte, daß sie noch am Leben war.

Und ich dachte über mich nach, wie ich so dasaß und Mr. Elis' Hand hielt. Ich wußte, ich hielt seine Hand nicht, weil ich ein gutes Herz hatte. Ich wußte, ich war nicht bei ihm eingezogen, weil ich ihn froh machen wollte. Ich war in die Geschichte mit Mr. Elis hineingeraten, weil ich von Anfang an geglaubt hatte, daß ich sie irgendwann einmal würde schreiben können.

Wer später einmal schreiben wird, glaubt von früher Kindheit an zu wissen, wo und wann er anwesend zu sein hat.

Wie ich so dasaß und nachdachte, wußte ich, daß ich die

Geschichte vom Tod des Mr. Elis nicht würde schreiben können. Nie. Ich wußte, ich hatte mich verrechnet.

Es gab einen furchtbaren Augenblick. Das war der Moment, als mir schien, daß Mr. Elis mich zu sich hinabziehen wollte. »Sie müssen sterben! Nicht ich! Benehmen Sie sich!« schrie es in mir.

Er hat mir einen Blick hinterlassen, in den die ganze uneinlösbare Sehnsucht eines Menschen eingebrannt war. Seitdem sehe ich diesen Blick in allen Augen, in die ich schaue. In allen. Ich komme nie mehr davon los.

Man wird mir vorwerfen, ich sei sentimental. Ich bin nicht sentimental.

Ich weiß, daß Mr. Elis mich gerne mit ins Grab genommen hätte. Auch Mr. Elis hatte sich verrechnet mit seinem Plan.

War ich froh, als Mr. Elis tot war?

Ich war froh, daß ich noch lebte.

Neue deutschsprachige Literatur
in den suhrkamp taschenbüchern

Aschenbeck, Udo: Südlich von Tokio. st 1409
Bauer, Margrit: Überleben. Eine unsystematische Ermittlung gegen die Not aller Tage. st 1098
Behrens, Katja: Die weiße Frau. Erzählungen. st 655
Berkéwicz, Ulla: Josef stirbt. Erzählung. st 1125
– Michel, sag ich. st 1530
Blatter, Silvio: Kein schöner Land. Roman. st 1250
– Love me Tender. Erzählung. st 883
– Schaltfehler. Erzählungen. st 743
– Die Schneefalle. Roman. st 1170
– Wassermann. Roman. st 1597
– Zunehmendes Heimweh. Roman. st 649
Böni, Franz: Die Fronfastenkinder. Aufsätze 1966-1985. Mit einem Nachwort von Ulrich Horn. st 1219
Brasch, Thomas: Der schöne 27. September. Gedichte. st 903
Buch, Hans Christoph: Die Hochzeit von Port-au-Prince. Roman. st 1260
– Jammerschoner. Sieben Nacherzählungen. st 815
– Karibische Kaltluft. Berichte und Reportagen. st 1140
Cailloux, Bernd: Intime Paraden. Erzählungen. st 1707
Dinkelmann, Fritz H.: Das Opfer. Roman. st 1591
Fritsch, Werner: Cherubim. st 1672
Gall, Herbert: Deleatur. Notizen aus einem Betrieb. st 639
Genzmer, Herbert: Cockroach Hotel. Ängste. st 1243
– Freitagabend. st 1540
– Manhattan Bridge. Geschichte einer Nacht. st 1396
Goetz, Rainald: Irre. Roman. st 1224
Hänny, Reto: Flug. st 1649
Hengstler, Wilhelm: Die letzte Premiere. Geschichten. st 1389
Horstmann, Ulrich: Das Glück von Omb'assa. Phantastischer Roman. PhB 141. st 1088
– Das Untier. Konturen einer Philosophie der Menschenflucht. st 1172
Hürlimann, Thomas: Die Tessinerin. Geschichten. st 985
Innerhofer, Franz: Die großen Wörter. Roman. st 563
– Schattseite. Roman. st 542
– Schöne Tage. Roman. st 349
Kirchhoff, Bodo: Dame und Schwein. Geschichten. st 1549
– Die Einsamkeit der Haut. Prosa. st 919
– Ferne Frauen. Erzählungen. st 1691
– Mexikanische Novelle. st 1367

250/1/8.90

Neue deutschsprachige Literatur in den suhrkamp taschenbüchern

Kirchhoff, Bodo: Ohne Eifer, ohne Zorn. Novelle. st 1301
– Zwiefalten. Roman. st 1225
Kiss, Ady Henry: Da wo es schön ist. st 914
Klix, Bettina: Tiefenrausch. Aufzeichnungen aus der Großstadt. st 1281
Kolleritsch, Alfred: Gedichte. Ausgewählt und mit einem Vorwort versehen von Peter Handke. st 1590
– Die grüne Seite. Roman. st 323
Konrad, Marcel: Stoppelfelder. Roman. st 1348
Laederach, Jürg: Laederachs 69 Arten den Blues zu spielen. st 1446
– Nach Einfall der Dämmerung. Erzählungen und Erzählungen. st 814
– Sigmund oder Der Herr der Seelen tötet seine. st 1235
Leutenegger, Gertrud: Gouverneur. st 1341
– Ninive. Roman. st 685
– Vorabend. Roman. st 642
Meinecke, Thomas: Mit der Kirche ums Dorf. Kurzgeschichten. st 1354
Meyer, E. Y.: Eine entfernte Ähnlichkeit. Erzählungen. st 242
– In Trubschachen. Roman. st 501
– Ein Reisender in Sachen Umsturz. Erzählungen. Neufassung. st 927
– Die Rückfahrt. Roman. st 578
Morshäuser, Bodo: Die Berliner Simulation. Erzählung. st 1293
– Blende. Erzählung. st 1585
– Nervöse Leser. Erzählung. st 1715
Neumeister, Andreas: Äpfel vom Baum im Kies. st 1748
Offenbach, Judith: Sonja. Eine Melancholie für Fortgeschrittene. st 688
Pedretti, Erica: Harmloses, bitte. st 558
– Heiliger Sebastian. Roman. st 769
– Sonnenaufgänge Sonnenuntergänge. Erzählungen. st 1653
Pietsch, Nikolaus: Der Gefangene von Heidelberg. st 1129
Rosei, Peter: Der Fluß der Gedanken durch den Kopf. Logbücher. st 1656
– Reise ohne Ende. Aufzeichnungsbücher. st 875
Rothmann, Ralf: Messers Schneide. Erzählung. st 1633
Schertenleib, Hansjörg: Die Ferienlandschaft. Roman. st 1277
Schimmang, Jochen: Das Ende der Berührbarkeit. Eine Erzählung. st 739
– Der schöne Vogel Phönix. Erinnerungen eines Dreißigjährigen. st 527
Schleef, Einar: Gertrud. st 942
Sloterdijk, Peter: Der Zauberbaum. Die Entstehung der Psychoanalyse im Jahr 1785. Ein epischer Versuch zur Philosophie der Psychologie. st 1445

250/2/8.90

Neue deutschsprachige Literatur
in den suhrkamp taschenbüchern

250/3/8.90

Deutschsprachige Literatur in den suhrkamp taschenbüchern: Lyrik

Artmann, H. C.: Gedichte über die Liebe und über die Lasterhaftigkeit. Ausgewählt von Elisabeth Borchers. st 1033
– How much, schatzi? st 136
The Best of H. C. Artmann. Herausgegeben von Klaus Reichert. st 275
Becker, Jürgen: Gedichte. 1965-1980. st 690
Brasch, Thomas: Der schöne 27. September. Gedichte. st 903
Braun, Volker: Gedichte. st 499
Brecht, Bertolt: Gedichte. Ausgewählt von Autoren. Mit einem Geleitwort von Ernst Bloch. st 251
– Gedichte für Städtebewohner. Herausgegeben und mit einem Nachwort versehen von Franco Buono. st 640
– Gedichte über die Liebe. Ausgewählt von Werner Hecht. st 1001
Celan, Paul: Gesammelte Werke. Band 1-3: Gedichte. st 1331
– Gesammelte Werke. Band 4-5: Übertragungen. st 1332
– Atemwende. st 850
– Das Frühwerk. Herausgegeben von Barbara Wiedemann. st 1984
Deutsche Lyrik. Eine Anthologie. Herausgegeben von Hanspeter Brode. st 1607
Enzensberger, Hans Magnus: Der Fliegende Robert. Gedichte, Szenen, Essays. st 1962
– Gedichte. 1950-1985. st 1360
Handke, Peter: Als das Wünschen noch geholfen hat. Fotos von Peter Handke. st 208
– Das Ende des Flanierens. st 679
Hesse, Hermann: Die Gedichte. 1892-1962. 2 Bde. Neu eingerichtet und um Gedichte aus dem Nachlaß erweitert von Volker Michels. st 381
Huchel, Peter: Gezählte Tage. Gedichte. st 1097
Kaschnitz, Marie Luise: Kein Zauberspruch. Gedichte. st 1310
Kolleritsch, Alfred: Gedichte. Ausgewählt und mit einem Vorwort versehen von Peter Handke. st 1590
Kraus, Karl: Gedichte. st 1319
Loerke, Oskar: Die Gedichte. Herausgegeben von Peter Suhrkamp. Neu durchgesehen von Reinhard Tgahrt. st 1049
Malkowski, Rainer: Gedichte. Eine Auswahl. st 1641
Mayröcker, Friederike: Ausgewählte Gedichte. 1944-1978. st 1302
Rothmann, Ralf: Kratzer und andere Gedichte. st 1824
Sachs, Nelly: Fahrt ins Staublose. Gedichte. st 1485
Das Buch der Nelly Sachs. Herausgegeben von Bengt Holmquist. st 398

255/1/4.92

Deutschsprachige Literatur
in den suhrkamp taschenbüchern:
Lyrik

Schneider, Reinhold: Gedichte. Auswahl und Nachwort von Christoph Perels. st 1418

Walser, Robert: Die Gedichte. st 1113

Zschorsch, Gerald: Glaubt bloß nicht, daß ich traurig bin. Prosa, Lieder, Gedichte. Mit einem Text von Rudi Dutschke. st 1784

255/2/4.92